T-BONE

DIE BESTEN STÜCKE - BUCH 2

VANESSA VALE

Copyright © 2018 von Vanessa Vale

ISBN: 978-1-7959-0090-4

Dies ist ein Werk der Fiktion. Namen, Charaktere, Orte und Ereignisse sind Produkte der Fantasie der Autorin und werden fiktiv verwendet. Jegliche Ähnlichkeit mit tatsächlichen Personen, lebendig oder tot, Geschäften, Firmen, Ereignissen oder Orten sind absolut zufällig.

Alle Rechte vorbehalten.

Kein Teil dieses Buches darf in irgendeiner Form oder auf elektronische oder mechanische Art reproduziert werden, einschließlich Informationsspeichern und Datenabfragesystemen, ohne die schriftliche Erlaubnis der Autorin, bis auf den Gebrauch kurzer Zitate für eine Buchbesprechung.

Umschlaggestaltung: Bridger Media

Umschlaggrafik: Period Images

HOLEN SIE SICH IHR KOSTENLOSES BUCH!

TRAGEN SIE SICH IN MEINE E-MAIL LISTE EIN, UM ALS ERSTES VON NEUERSCHEINUNGEN, KOSTENLOSEN BÜCHERN, SONDERPREISEN UND ANDEREN ZUGABEN ZU ERFAHREN. SIE ERHALTEN EIN KOSTENLOSES BUCH FÜR IHRE ANMELDUNG! TRAGEN SIE SICH IN MEINE E-MAIL LISTE EIN, UM ALS ERSTES VON NEUERSCHEINUNGEN, KOSTENLOSEN BÜCHERN, SONDERPREISEN UND ANDEREN ZUGABEN ZU ERFAHREN. SIE ERHALTEN EIN KOSTENLOSES BUCH FÜR IHRE ANMELDUNG!

kostenlosecowboyromantik.com

PROLOG

UCKER

Ich verging vor Lust, war verliebt bis über meine beiden verdammten Ohren, sogar muschihörig und zwar der Besitzerin des *Seed & Feed*. Oh ja. Jedem üppigen, aufgetakelten Zentimeter von ihr. Und dieser freche Schnabel, nun, ich hatte etwas, mit dem ich ihn stopfen konnte. Ava war alles, was ich immer gewollt, aber nie gekannt hatte. Nicht bis zu jenem Abend, an dem wir unser wöchentliches Duke Familiendinner im Cassidy's gehabt hatten und dann Wumm. Ein Hammerschlag direkt ins Herz. Weil sie die beste Freundin des Mädels meines großen Bruders war, hatte sich Ava uns angeschlossen. Es war für mich fast unmöglich gewesen, die Finger von ihr zu lassen. In ihrer gebleichten Jeans, High Heels, blonden, perfekt frisierten Haaren und Lippen in einem fick-mich-Rot hatte sie brav auf mich gewirkt. Aber als sie ganz wild geworden war, um Kaitlyn vor dem Mistkerl Roger zu beschützen, heiliges Kanonenrohr. Mein Schwanz war sofort für die Tigerin hart geworden. Ich hatte meinen Arm um ihre Taille geschlungen und sie zurückgehalten, hatte jede ihrer weichen Kurven gespürt, trotz ihrer ausgefahrenen Krallen. Und diese Krallen? Ich wollte, dass sie mich kratzten. Ich wollte, dass sie wild war, während ich beobachtete, wie Colton sie nahm, während wir sie gemeinsam für uns beanspruchten. Denn an jenem Abend hatte ich innerhalb eines Wimpernschlags eines gelernt…sie gehörte zu uns. Sie wusste es nur noch nicht. Sie würde es allerdings erfahren. Dafür würden wir schon sorgen.

1

UCKER

„NIEMAND LÄCHELT SO, wenn er Schweinefutter bestellt", grummelte ich und stieß Colton den Ellbogen in die Rippen. Wir waren im Seed & Feed in Raines, wo wir neben einem abgenutzten Holztisch standen. Früher hatten sich dort alte Ausgaben von Landwirtschaftszeitschriften gestapelt, aber jetzt thronte eine hochmoderne Kaffeemaschine darauf. Das war nur eine der vielen Neuerungen, die die neue Besitzerin, seit sie den Laden vergangenen Winter gekauft hatte, eingeführt hatte. Ava Carter.

Er schaute von dem Zucker hoch, den er gerade in seinen Kaffee schüttete. Er zog seine Tasse unter der high-tech Maschine weg, die diese kleinen Tabs verwendet. Als ich sie zum ersten Mal gesehen hatte, hatte ich es ein wenig lächerlich gefunden für ein Landwirtschaftsgeschäft in einer Kleinstadt, vor allem weil sie zwischen den

Salzsteinen und den Entwurmungsmitteln stand. Aber jetzt, nun, es war ein tolles Extra. Die Kunden mit ausreichend Koffein zu versorgen, war verdammt schlau.

Aber ich gab einen Scheiß auf den Kaffee. Zumindest heute nicht. Meine gesamte Aufmerksamkeit lag auf dem Drecksack, der mit der Hüfte an der Kassentheke lehnte und mit Ava flirtete.

Unserer Ava.

Ich kannte den Gesichtsausdruck des Kerls; ich hatte ihn selbst schon aufgesetzt. Roscoe Barnes ließ seinen Charme spielen. Der Cowboy streckte seine Hand über die Theke und legte sie auf ihre, während sie eines der Bestellformulare ausfüllte.

Colton stellte sich aufrechter hin und seinen Kaffeebecher ab, der so gut wie vergessen war. „Du hast recht. Es gibt Wege, wie ein Mann ein paar Finger verlieren kann."

Ava zog ihre Hand weg, veränderte ihre Position so, dass sie außer Reichweite war, aber füllte weiterhin die Formulare aus – und gab Roscoe keins auf die Fresse.

„Ja, zu schade, dass es gegen das Gesetz ist, sie abzuhacken", erwiderte ich. „Ich bin mir aber sicher, dass der Sheriff mit uns übereinstimmen wird, dass es okay ist, sie zu brechen, wenn er unsere Frau anfasst."

Colton knurrte leise zur Antwort. Ja, niemand fasste unser Mädel an. Niemand außer uns.

Und so viel hatten wir mit Ava Carter nicht einmal gemacht. Noch nicht.

Wir kamen jeden Tag in ihren Laden, einer von uns oder wir beide zusammen, wie heute Morgen, um nach ihr zu schauen. Um etwas zu kaufen, das wir eigentlich nicht brauchten. Um uns zu vergewissern, dass kein Mann die Grenze überschritt, wie es Roscoe gerade tat. Um ihr zu zeigen, dass wir in der Nähe waren, dass wir nirgendwohin gehen würden. Jemals.

Ava, die Frau, die wir heiraten würden, hatte ich zum ersten Mal vor einem Monat im Cassidy's erblickt. Kaitlyn Leary war von einem Kerl, mit dem sie mal ausgegangen war, belästigt worden. Roger Beirstad. Das kleine Aas war an unseren Tisch gekommen und hatte schlecht über die Frau meines älteren Bruders geredet. Und da Ava Kaitlyns BFF war, hatte sie Roger die Augen auskratzen wollen.

Fuck, ich liebte angriffslustige Frauen.

Ich hatte das große Glück gehabt, Ava zurückhalten zu dürfen, während sich Duke und Jed um Kaitlyn gekümmert hatten. Da ich einen Arm um Avas schmale Taille geschlungen und sie an mich gezogen hatte, hatte ich spüren können, wie weich sie war. Jeden verdammten Zentimeter ihres Körpers. Mein Unterarm hatte unter ihren üppigen Titten gelegen und ihr fantastischer Arsch war fest an meinen Schwanz gepresst worden. Ich war sofort hart geworden und das dicke Rohr hatte sich zwischen ihre Pobacken gedrückt, genau dorthin, wo es sein wollte. Sie hatte mich nicht von sich gestoßen. Tatsächlich hatte sie mit ihren breiten Hüften gewackelt und über ihre Schulter zu mir geschaut, mit großen Augen und...interessiert.

Ich würde meine Ranch darauf verwetten, dass sie feucht für mich gewesen war. Oh ja, es war perfekt gewesen, bis auf die Tatsache, dass wir in einem Raum voller Leute gewesen waren und unsere Kleider getragen hatten. Sie hatte in jenem Moment genau gewusst, dass ich sie wollte. Hatte gewusst, dass mein Schwanz für sie steif war. Dass ich ein Auge auf sie geworfen hatte.

Ich hatte Colton alles über sie erzählt und am nächsten Tag hatte er die morgendlichen Pflichten auf der Ranch ausfallen lassen und war direkt zum Seed & Feed gefahren.

Ein Blick und er hatte zugestimmt. Ava Carter würde unsere Frau werden.

All diese Zeit hatten wir auf sie gewartet. Und der Hammer war, dass sie schon seit Monaten – *Monaten* – in der Stadt war und wir hatten nicht einmal gewusst, dass sie Die Eine war. Wir hatten von der Großstadt*frau* gehört, die den Laden gekauft hatte, aber hatten nicht mit Ava gerechnet. Zum Teufel nein. Zeit, in der wir ihre Pussy hätten lecken können, war verschwendet worden.

Ich leckte meine Lippen, begierig nach ihrem Geschmack. Ich wurde mittlerweile schon beim Geruch von Erdbeeren hart – es musste an ihrem Shampoo an jenem Abend liegen – denn sie hatte so gut gerochen, dass ich sie am liebsten gefressen hätte. Ich wusste einfach, dass sie überall süß war und wir würden es bald herausfinden. Wir würden mit unseren Mündern, unseren Fingern, unseren Schwänzen zwischen diese dicken Schenkel gelangen und sie würde unsere Namen schreien. Ganz richtig. Jeder in der Stadt würde sie hören und die Wahrheit kennen.

Ihre Pussy gehörte mir und Colton.

Sie mochte zwar süß riechen und schmecken, aber ihr Temperament war alles andere als das. Sie war eine kleine Wildkatze, meine Tigerin. Ich liebte es, wenn sie ihre Krallen zeigte. Ich war erpicht darauf, dass all diese Energie, all diese Wildheit meinen Schwanz so richtig durchritt. Ich wurde nicht T-Bone genannt, weil ich eine Rinderfarm führte. Zum Teufel, nein. Mein bestes Stück war einhundert Prozent Fleisch der besten Güte und sie würde es lieben. Jeden einzelnen Zentimeter.

Was Colton betraf, so würde sie von ihm auch nicht enttäuscht sein.

Sie ging ans andere Ende der Theke und zum Telefon, wobei sie uns den Rücken zukehrte. Höchstwahrscheinlich wollte sie sich mit ihrem Fahrer wegen Roscoes Bestellung absprechen – wir waren oft genug im Laden gewesen, um zu wissen, wie sie ihr Geschäft führte. Dadurch stand der Drecksack jetzt allein da.

Wir liefen zu ihm, stellten uns links und rechts neben Roscoe. Er schenkte uns keine Beachtung. Nein, seine Augen waren direkt auf Avas Hinterteil gerichtet. Sie sah verdammt heiß in ihren Jeans aus, die jeden Zentimeter ihrer Perfektion betonten. Auch wenn ich die Aussicht genoss, bedeutete das nicht, dass ich wollte, dass der Drecksack sie ebenfalls genoss. Ich wollte einen Getreidesack über Avas Kopf werfen, damit niemand sonst sehen konnte, was Colton und ich jedes Mal erblickten, wenn wir sie betrachteten.

Aber fuck, das würde nichts bringen. Ein Sack könnte ihre Schönheit auch nicht verbergen.

„Ihren Acker würde ich gerne gründlich durchpflügen", murmelte Roscoe, zwinkerte mir zu und grinste Colton an.

Ja, wir waren drei gute alte Kameraden. Kumpel beim Kneipengespräch.

Zumindest war das das, was er dachte.

„Du wirst nicht so geringschätzig über sie sprechen", sagte Colton. Seine Stimme war leise, aber rasiermesserscharf.

Das Lächeln auf dem Gesicht des Mistkerls verblasste, aber er machte weiter. Er hatte keinen blassen Schimmer, dass er kurz davorstand, seine Zähne zu verlieren. „Oh, komm schon. Mein Schwanz wurde nie hart für Pete, als er den Laden schmiss. Ich betrachte das als Bonus, wenn ich Vorräte für die Ranch besorgen muss. Ich werde mir einen runterholen müssen, bevor ich nach Hause fahre."

„Du meinst, wenn du zu deiner Frau fährst. Wie geht's

Rachel und den Kindern?", fragte Colton, kurz bevor er Roscoes Hand packte und hinter dessen Rücken drehte.

Ich beobachtete, wie Colton den Drecksack ohne Weiteres aus der Eingangstür beförderte. Dabei entwichen Roscoes Kehle immer wieder witzige Schmerzenslaute, weil seine Finger fast gebrochen wurden.

„Tucker Duke, was macht Colton mit meinem Kunden?", wollte Ava wissen. Ihre Augen waren auf Roscoe geheftet, der aus der Ladentür eskortiert wurde.

Ich drehte mich so, dass ich sie anschaute. Zwinkerte. „Bringt den Müll raus, Tigerin."

Ihre Augen weiteten sich, dann wurden sie schmal. Oh ja, da waren die Krallen.

„Er ist ein Kunde! Ihr könnt nicht einfach...einfach die Leute hier drinnen misshandeln, wie es euch passt."

„Er hat dich angefasst", entgegnete ich.

Wenn sich Colton nicht um Roscoe kümmern würde, wäre ich nicht so ruhig. Wenn er jemals wieder in den Laden kam, würde Roscoe Ava und seiner Frau mit Respekt begegnen oder er würde in einer abgeschiedenen Ecke meiner Farm verscharrt werden.

„Denkst du, das war der erste Mann, der das gemacht hat? Ich kann mich um mich selbst kümmern." Sie verschränkte die Arme vor der Brust. Das karierte Flanellhemd konnte ihre großzügigen Kurven nicht verbergen. Ich sehnte mich zwar nach dem Tag, an dem sie nur mein Hemd trug – und sonst nichts – aber dieses Hemd war für Frauen geschnitten und betonte ihre hübschen Kurven. Das war gut, denn wenn es das Hemd eines anderen Mannes – mit Ausnahme Coltons – wäre, müsste ich sie ins Büro schleifen und es ihr auszuziehen. Sie mit meinem bedecken.

Ihr Outfit war modisch. So frech wie sie war. In meinen

Augen sah sie immer perfekt aus. Die blonden Haare waren gestylt und sie geschminkt, selbst wenn sie nur Bestellungen für Schweinefutter annahm. Feuerroter Nagellack überzog ihre Fingernägel. Kleine Diamantohrstecker funkelten in ihren Ohren. Auch wenn ihre Kleider für eine Kleinstadt in Montana – und als Besitzerin des Seed & Feed – schon ans Lächerliche grenzten, liebte ich es, wie sie aussah. Als ob sie sich noch nie im Leben die Hände schmutzig gemacht hätte. So sollte es auch sein. Ava mit zwei Männern, die sich um sie kümmerten und all die schmutzige Arbeit erledigten.

Nun, vielleicht nicht *all* die schmutzige Arbeit. Wir würden schön schmutzig werden. Sogar dreckig. Gemeinsam.

Warum sie Pete den Seed & Feed abgekauft hatte, wusste ich nicht und ich wollte es unbedingt herausfinden, aber sie leistete gute Arbeit. Aufgrund all der Zeit, die ich im vergangenen Monat im Laden verbracht hatte, würde ich sagen, dass sie eine ganze Menge Kunden hatte. Was die Frage aufwarf –

„Wer hat dich sonst noch angefasst? Schlimmer?"

Sie zuckte leicht mit ihren zierlichen Schultern. Sie reichte zwar bis zu meinem Kinn, aber ich wusste, dass sie irgendwelche hohen Schuhe anhatte. Ich hatte sie noch nie ohne gesehen. Wieder, unpraktisch, aber ich liebte hübsche fick-mich-Absätze an einer Frau.

In dem Moment lief Colton zu uns, lehnte seine Hüfte an die Theke. „Und, Süße? Irgendwelche anderen Männer, von denen wir wissen sollten?"

„Roscoe Barnes hat Futter für vier Monate bestellt", sagte sie und deutete zur Tür. „Ich kann es mir nicht leisten, dass er in Zukunft in Clayton einkauft. Ich muss ein Geschäft führen."

Ich nickte. „Das musst du. Aber du brauchst keine Männer, die dich überall abtatschen."

„Also werdet ihr was tun? Weiterhin jeden Tag hierherkommen, um sicherzustellen, dass das niemand tut?"

Colton verlagerte sein Gewicht, legte seine Hände auf die Theke und beugte sich zu ihr. „Roscoe wird sich ab jetzt wie der perfekte Gentleman verhalten, das verspreche ich dir. Aber um deine Frage zu beantworten, ja. Wenn es nötig ist, werden wir das tun. Wir beschützen was unser ist."

Daraufhin klappte ihr Mund auf. Ich stellte mir vor, wie er sich noch viel weiter öffnete, während sich mein Schwanz hineinschob.

„*Unser?*"

Ich beugte mich ebenfalls zu ihr, sodass wir ihr beide nah waren. Sodass wir beide alles andere aussperrten. „Du brauchst einen Mann, der dich anfasst?"

„Männer", korrigierte Colton.

„Du hast uns, genau hier, Tigerin." Ich deutete auf Colton und mich.

Das Blau ihrer Augen wurde dunkler, ihre Wangen röteten sich und ihre Hand zerknitterte das Bestellformular. Wir beobachteten, wie sie sich einen Augenblick nahm, um sich zusammenzureißen, um die beschissene Mauer, die sie um ihre Emotionen errichtet hatte, zu stärken. Innerlich grinste ich, da wir zu ihr vordrangen. Langsam, aber stetig.

Sie leckte ihre Lippen, schaute zwischen uns beiden hin und her. „Jeden Tag kommt ihr hier vorbei. Jeden Tag bittet ihr mich, mit euch auszugehen und ich sage Nein. Könnt ihr ein Nein als Antwort nicht akzeptieren?"

„Wenn du es wirklich so meinen würdest", antwortete Colton ernst. Keiner von uns würde einer Frau seine Wünsche aufzwingen. Aber wir kannten die Anzeichen dafür, wenn eine Frau nicht interessiert war und Ava hatte keines davon gezeigt. Ava hatte einfach nur Angst. Ich nahm ihr das nicht übel. Wir waren herrische Männer. Intensiv. Wir wollten alles von ihr, aber wir würden ihr im Gegenzug auch das Gleiche geben. Wir würden sie nicht so halbherzig behandeln, wie es Roscoe mit seiner Frau tat. Zur Hölle, seit ich Ava gesehen hatte, hatte ich nicht einmal einen Blick auf eine andere Frau geworfen. Ich hatte nur an sie gedacht – ihre feurigen Augen, ihre winzigen Hände, die versuchten, sich um mein bestes Stück zu schlingen, hatte mich gefragt, ob ihre Pussy blank war oder ob sie einen kleinen Haarstreifen hatte, der den Weg zum Himmel wies – während ich mir in der Dusche einen runtergeholt hatte. Jeden verdammten Tag. Wir würden sie mit Haut und Haaren lieben. Sie mit Haut und Haaren ficken. Sie wertschätzen.

„Süße, die Nippel einer Frau werden nicht für Männer, die sie nicht will, ganz hart."

Sie blickte nach unten und tatsächlich drückten sich zwei harte Spitzen gegen den Flanell. Sofort verschränkte sie die Arme und errötete niedlich. Als ob mich das davon abhalten würde, über die Farbe dieser aufgerichteten Spitzen nachzudenken und wie sie sich in meinem Mund anfühlen würden.

Colton streckte eine Hand aus und streichelte mit einem Knöchel seitlich ihren Hals hinab. „Der Puls einer Frau rast nicht für Männer, die sie nicht scharf machen."

„Wir sind geduldige Männer, Ava", erzählte ich ihr. „Wir werden auf dich warten, bis du dein Nein zu einem Ja änderst."

Ich konnte Erdbeeren riechen und natürlich bedeutete das, dass ich mitten im Seed & Feed so hart wie ein Zaunpfahl wurde.

Mal wieder. *Fuck.*

Als sie merkte, dass sie sich von uns einlullen ließ, trat sie zurück, reckte ihr Kinn. Stärkte die Verteidigungslinien. „Und in der Zwischenzeit werdet ihr weiterhin Männer aus meinem Laden werfen? Ich brauche keinen Bodyguard."

„Wir wissen, was du brauchst."

Diese Worte entzündeten das Feuer in ihren Augen, genau wie ich es wollte. Ja, ich klang verdammt herrisch, aber ich hatte ein Gefühl, ganz tief in mir, dass es ihr gefiel, wenn ihre Männer die Führung übernahmen. Zumindest im Schlafzimmer.

„Streitet und zankt ihr euch immer mit der Frau, die ihr wollt?", fragte sie.

Ich schaute zu Colton, dann wandte ich mich wieder an Ava. Grinste.

„Süße, das ist kein Gezanke."

Die Glocke über dem Eingang bimmelte und signalisierte, dass wir nicht mehr allein waren.

„Oh, was ist es dann?"

„Vorspiel."

2

VA

HERRISCHE MÄNNER. Sie waren überall. Mein Vater war der König dieses nervigen Packs. Ich hatte Denver und seinen weitreichenden Einfluss hinter mir gelassen. Als ob ich mich auf eine arrangierte Ehe einlassen würde. Bei diesem Gedanken lachte ich schnaubend auf.

Lächeln, nicken und "ich will" sagen, nur weil das das war, was Daddy wollte? Ja, klar.

Und für den Rest meines Lebens Casper Johnston den Dritten – oder auch kurz Perry genannt – am Hals haben? Fuck, nein. Wir waren miteinander ausgegangen. Nein, er hatte mich zu Feiern, Partys, Tennisspielen *eskortiert*. Die Leute hatten gedacht, wir wären zusammen. Zum Teufel, er und mein Vater hatten das ebenfalls gedacht. Absolut nicht. Fuck nein.

Er mochte zwar die rechte Hand meines Vaters sein, selbst mächtig und reich sein, aber nichts davon war mir wichtig. Das schicke Haus, der Country Club, Privatschulen für die kleinen Perrys. Ich wollte nicht den Vizepräsidenten eines Unternehmens heiraten, denn genau das würde ich mit Perry erhalten. Ich würde mit einer leitenden Position verheiratet sein. Ich wäre Mrs. Vizepräsident.

Was ich wollte, war einen Mann heiraten, keinen Titel. Einen *echten* Mann. Einen Mann, der mehr als eine Trophäe in mir sah. Mehr als eine Zuchtstute, die ihm seinen Erben und weitere Kinder gebar, während er eine ganze Reihe Geliebte verschliss. Meine Pussy würde Spinnweben ansetzen und *das* würde nicht passieren. Außerdem würde ich wetten, dass Perrys Schwanz so schlaff war wie sein Handschlag. Er mochte zwar gut situiert sein, aber nicht da wo es zählte.

Mein Handy klingelte, der eindrückliche Klingelton von *I Will Survive*, den ich meiner Mutter zugeordnet hatte. Das war absolut passend, denn ich fühlte mich, als hätte ich bis zu meinem Weggang nichts anderes getan als zu überleben. Meine Mutter würde allerdings nie weggehen. Sie stand so unter der Fuchtel meines Vaters, dass sie mir tatsächlich leidtat. Sie hatte die Mittel, um sich von ihm scheiden zu lassen, aber sie würde es nicht tun. Deswegen empfand ich Mitleid für sie. Und das war auch der Grund, warum ich an den Straßenrand fuhr und den Anruf annahm.

„Hi, Mutter."

„Avaleigh, dein Vater versucht seit Tagen dich zu erreichen. Wochen sogar."

„Ja, ich weiß." Ich rieb mit meiner freien Hand über meine Augen.

In letzter Zeit war er dazu übergegangen, anzurufen oder zu texten. Täglich. Ich schätzte, er war angepisst. Selbst nach all den Monaten, seit ich weggezogen war, hatte er noch immer nicht kapiert, dass ich kein Interesse an Perry hatte. Er war eine ganze Weile recht ruhig gewesen. Er hatte wahrscheinlich gedacht, dass mir den Geldhahn abzudrehen, dazu führen würde, dass ich sofort zu dem luxuriösen Lebensstil zurückgekrochen käme. Aber in jüngster Zeit hatte er wieder angefangen. Ich hatte seine Nummer blockiert. Was für einen Sinn hatte es schon, mit ihm zu sprechen, wenn er lediglich über sich und darüber, was für eine schreckliche Tochter ich war, reden wollte? Er brachte ständig meine neuen Handynummern in Erfahrung. Meine dritte, seit ich nach Montana gezogen war. Milliardär zu sein, machte es ihm leicht, Informationen von einer Telefonfirma zu erhalten.

Jetzt versuchte er es mit einer anderen Taktik. Meiner Mutter.

„Er hätte tot sein können und du hättest es nicht gewusst", erwiderte sie, wobei ihre Stimme schrill wurde. Es war noch nicht einmal fünf Uhr, aber zweifellos hatte sie einen Manhattan, extra trocken, in ihrer Hand. Irgendwo war bestimmt Cocktail Hour.

„Sein Ableben wäre überall in den Nachrichten gewesen", konterte ich. Dass sein Foto ein paar Mal auf dem Cover der Forbes gewesen war, steckte ihn in die Berühmten-Schublade, zumindest in der Geschäftswelt. Und wenn er gestorben wäre, dann hätte das eine der größten Investmentgesellschaften ziemlich aufgerüttelt, also...ja.

„Avaleigh Marie Carter. Ich habe dich zu einem respektvolleren Menschen als das erzogen."

Wenn sie mich bei meinem vollen Namen genannt hatte, hatte ich mich früher geschämt. Jetzt verdrehte ich lediglich die Augen.

„Er ist derjenige, der gesagt hat, dass ich ausgestoßen

und nicht länger seine Tochter wäre, Mutter. Ich respektiere nur seine Wünsche."

Sie seufzte. „Ruf ihn an."

Ich seufzte, da ich bereits die Nase von diesem Gespräch voll hatte. Sie erkundigte sich nicht danach, wie es mir ging. Was ich in den vergangenen Monaten gemacht hatte. Ob ich einen Job, einen Freund hatte oder von Aliens ins Weltall entführt worden war. Sie fragte nicht, weil es sie nicht interessierte. Alles, was sie interessierte, war, meinen Vater glücklich zu machen.

„Warum?" Ich blickte hinaus auf die Prärie. Das hohe Gras schwankte in der leichten Brise. Es war so hübsch hier, so ruhig und friedlich, aber die schrille Stimme meiner Mutter ruinierte das.

„Ich weiß es nicht genau, aber er will mit dir über etwas reden."

Ich seufzte wieder. „Ja, das dachte ich mir. Wenn es um Perry geht – "

„Er ist der perfekte Partner für dich. Gut aussehend, aufmerksam, klug."

Ich dachte an Perry, dann wanderten meine Gedanken zu Colton und Tucker. *Sie* waren gut aussehend. Aufmerksam ebenfalls. Klug auch, aber unsere Gespräche hatten sich bisher in Grenzen gehalten. Ich wollte mich mit ihnen unterhalten, mehr über sie erfahren. Was Perry anging, so hatte ich genug mit ihm geredet. Er redete immerzu nur über sich und von welchem Nutzen er doch für mich wäre.

Als fucking ob.

„Wie oft muss ich euch noch erzählen, dass ich nicht an Perry interessiert bin?"

„Du musst nicht an dem Mann interessiert sein, um ihn zu heiraten", antwortete sie.

T-Bone

Ich zog mein Handy vom Ohr und starrte es an. Ich konnte die Worte meiner Mutter nicht fassen und fragte mich mal wieder, ob ich adoptiert worden war. In der Ehe meiner Eltern gab es keine Liebe, aber in meiner würde es sie geben, das war so sicher wie das Amen in der Kirche.

„Ich muss Schluss machen. Ich muss arbeiten. Auf Wiedersehen Mutter."

Ich legte auf und warf das Handy auf den Beifahrersitz.

Sofort piepste es, um den Eingang einer SMS anzukündigen. Ich hob es hoch, sah eine Nummer mit einer Coloradovorwahl und wusste sofort, dass es mein Vater war. Er musste die ganze Zeit über direkt neben ihr gesessen haben, hatte wahrscheinlich gelauscht. In der Nachricht stand lediglich: *Ruf mich an.*

„Arschloch", schimpfte ich, verärgert warf ich das Handy wieder weg. Ein Lied, das ich hasste, wurde im Radio gespielt und ich drückte auf den Sendewahlknopf mit etwas mehr Kraft als nötig. Im Anschluss lenkte ich den monströsen Pickup auf die Straße. Ich war ziemlich gut darin geworden, meinen Vater mental in eine Schublade zu sperren. Es dauerte jedoch einige Minuten, um mich nach der unerwarteten Attacke meines Vaters durch meine Mutter zu beruhigen. Es war Zeitverschwendung, mich von ihnen ärgern zu lassen. Ich hatte, was ich wollte. Mein eigenes Geschäft. Freunde. Ein Gehaltscheck, den ich durch harte Arbeit verdiente. Und jetzt hatte ich auch bessere – größere, breitere, sexier – Dinge, an die ich denken konnte. Tucker Duke und Colton Ridge.

Und sie waren auch der Grund, warum ich diese Lieferung übernommen hatte. Nachdem ich eine Stunde mit einer innerlichen Debatte verbracht hatte – und damit mich zu vergewissern, dass ich rasiert und perfekt gestylt war und dass meine Haare und Make-up genau richtig waren – war ich auf dem Weg zur Duke Ranch. Theoretisch gesehen, war die Ladung im Kofferraum nur ein Arbeitsgegenstand, den ich ablieferte, aber es ging eher um mich. Ich lieferte *mich* an Tucker und Colton.

Ich leckte meine Lippen, dachte an das Duo. Rutschte auf meinem Sitz herum. Eine Frau hatte Bedürfnisse. Ernste Bedürfnisse, die Perry niemals hätte erfüllen können. Bedürfnisse, mit denen Männer vom Kaliber eines Colton Ridge und Tucker Duke ganz bestimmt umgehen konnten.

Wir wissen, was du brauchst.

Tucker hatte das neulich gesagt. Damals hatte es mich wütend gemacht, nicht weil er so scheißüberzeugt von sich war, was er definitiv war, sondern weil er wahrscheinlich recht gehabt hatte.

Sie hatten mir wochenlang nachgestellt. Seitdem ich vergangenen Monat Tucker zum ersten Mal im Cassidy's begegnet war. Die Dukes hatten dort ein Familiendinner gehabt. Da der Älteste, Landon Duke, einen Blick auf meine BFF Kaitlyn geworfen und sich in sie verliebt hatte, war ich dazu eingeladen worden, mich ihnen anzuschließen. Jed Cassidy hatte es übrigens auch getan – sich in Kaitlyn verliebt. Beide hatten sie für sich beansprucht.

Ja, das klang leicht altmodisch, aber wenn man sie zusammen beobachtete, sah man den Beweis, dass Kaitlyn wirklich *beansprucht* worden war. Herz und Körper. Ich hatte sie noch nie so glücklich, so zufrieden gesehen. So gut gevögelt. Gott, die zwei waren heiß – ich hatte sogar einmal nach Dukes Nummer gefragt, aber er hatte nur Augen für Kaitlyn gehabt.

Ich freute mich tierisch für sie. Duke war nicht für mich. Nun, nicht *Landon* Duke. Anscheinend war es Tucker Duke, der mich ganz wuschig machte. Und Colton Ridge.

War hier etwas im Wasser, das mich und Kaitlyn so

gierig machte, dass wir beide zwei Männer wollten? Bisher war ich mit einem nicht gerade erfolgreich gewesen und jetzt wollte ich zwei. Das tat ich. Ich wollte sie. Ganz egal, wie gegenteilig ich mich verhielt.

Aber es schien, als wollten mich *beide*, Tucker und Colton, ebenfalls. Sie hatten es gesagt. Hatten es gezeigt, indem sie mich mehr oder weniger gestalkt hatten. Einen Monat lang. Wenn Perry das Gleiche getan hätte, hätte ich ihn verhaften lassen. Aber bei den zwei großen, scharfen Cowboys? War es total heiß. Jeder einzelne Besuch *war* Vorspiel. Nicht, dass ich ihnen das sagen würde. Wenn ich ihnen einen Zentimeter nachgäbe, würden sie mich sofort überrumpeln. Und das würde ich auf keinen Fall zulassen. Mein Vater hatte das schon zur Genüge getan.

Ich mochte zwar wie ein Modepüppchen aussehen, aber ich konnte für mich einstehen, wenn es um den Wilden Westen ging. Man würde es an meinen modischen Outfits nicht erkennen, aber ich hatte noch vor meinem fünfzehnten Lebensjahr ein Pferd reiten und ein Kalb mit dem Lasso fangen können, sowie einen Bullen kastrieren und Zaunpfosten reparieren. Unter meinen Designerjeans und hohen Absätzen steckten einhundert Prozent Cowgirl. Es war die Schuld meines Vaters, der mich jeden Sommer auf die Familienranch in den Colorado Rockies abgeschoben hatte, um Ruhe vor mir zu haben. Es war ziemlich langweilig gewesen – anfangs – aber die Leute, die die Ranch führten, hatten mich unter ihre Fittiche genommen und mir alles beigebracht, was sie wussten. Danach hatte ich nie wieder gehen wollen. Ich hatte mich dort mehr zu Hause gefühlt, mehr als würde ich *dazugehören* als an irgendeinem anderen Ort.

Wenn die Leute mir gegenüber Vorurteile hatten, dann war das deren Problem, nicht meines.

Was Tucker und Colton betraf, so schienen sie eine übersinnliche Wahrnehmung zu haben, wenn es um mich ging. Obwohl wir uns noch nicht einmal geküsst hatten, wussten sie irgendwie, dass ich *es* – vögeln – etwas wilder mochte. Manchmal brauchte ich es grob. Brauchte es, dass man mir sagte, was ich tun sollte. Ich wollte einen herrischen Liebhaber – oder zwei.

Was völlig gegen alles ging, gegen das ich mein ganzes Leben gekämpft hatte.

Herrische Männer.

Das war ein Gruppenwichsen, an dem ich nicht teilnehmen wollte. Perry und mein Dad hatten mich wirklich verärgert, indem sie versucht hatten, mich zu einer Schachfigur in ihrer kleinen Welt zu machen und mich bedrängt hatten wie wilde Ziegenböcke, die Aufmerksamkeit wollten. Obwohl ich nur irgendwo durchs Nirgendwo in Montana fuhr, wurde ich allein bei dem Gedanken stinksauer. Als ich in Denver gewesen war, hatte es mich verrückt gemacht. So verrückt, dass ich alles hinter mir gelassen hatte. Die Engstirnigkeit meines Dads. Das Geld, die schicken Partys. Alles, damit ich mir ein Landwirtschaftsgeschäft, den Seed & Feed von Raines, und das kleine Haus daneben kaufen konnte. Verrückt? Ja, aber es war mir leichtgefallen. Schlappschwanz bewirkte nichts bei mir und ich wollte so weit wie möglich von ihm weg sein. Weit weg von dem Leben, in das ich gezwungen worden war wie ein Rind in einen Behandlungsstand.

Sicher, ich mochte einen Abschluss als Betriebswirtin haben, aber den einzigen Nutzen, den der gehabt hätte, während ich einige Mini-Perrys aus mir presste, wäre gewesen, das beste Angebot für Senf im Supermarkt auszurechnen. Jetzt hatte ich mein eigenes Geschäft und ich brachte den Laden in Schwung. Machte ihn zu meinem. Es fühlte sich gut an, mir wortwörtlich die Hände schmutzig zu machen. Und die Vorurteile? Sogar in Raines gab es einige davon. Eine Frau wie ich sollte sich ihre Maniküre nicht ruinieren, indem sie einen Seed & Feed führte. Was wusste ich schon über Stacheldrahtzäune und Salzsteine für Pferde?

Sie konnten mich alle mal am Arsch lecken.

Und das Witzige war, dass Tucker und Colton das tun *wollten*. Und das war einfach nur heiß.

Ich hatte die vergangenen Wochen damit zugebracht, an sie zu denken, hatte nachts im Bett gelegen und mich in Fantasien verloren. Hatte mir vorgestellt, wie es mit zwei Männern sein würde. Gott, da würden überall Hände sein. Doppelt so viele Münder, doppelt so viele Penisse. Ich war die ganze Zeit feucht und dass zwei herrische, eingebildete Cowboys mich in diesen Zustand versetzten, regte mich nur noch mehr auf. Ich war sauer auf sie, weil ich geil war. Meine Schenkel zu spreizen und mich zu Bildern von zweimal selbstgefälligem Grinsen zum Höhepunkt zu bringen, war nicht genug. Ich sollte nicht so empfinden und deswegen war ich wütend auf sie.

Das war ALLES ihre Schuld.

Ich knurrte frustriert und erwürgte fast das Lenkrad mit meinem festen Griff. Ich hatte die Frauenversion von dicken Eiern und ich hatte schnell herausgefunden, dass mein Vibrator sie nicht verschwinden ließ.

Und deswegen überbrachte heute ich die Lieferung. Ich hatte vorhin mit Kaitlyn getextet – sie war auf der Arbeit gewesen und hatte in der kleinen Bücherei nicht telefonieren können, insbesondere nicht über das – und mir ein wenig Frauenhilfe für mein Problem besorgt. Ja, zwei heiße Cowboys, die mich wollten, waren ein *furchtbares* Problem. Aber ich hatte schließlich ein Leben mit

Alphamännern hinter mir gelassen. Wollte ich mir jetzt wirklich zwei neue aufhalsen? Die Tatsache, dass die Antwort Ja lautete, machte mich verrückt.

Wir waren beide recht neu in der Stadt und allein deswegen schnell Freundinnen geworden. Sie war schüchtern und zurückhaltend, ein Bücherwurm, der sich hinter ihrer Brille versteckte. Sie hatte an Problemen, die ihr Dad verursacht hatte, zu knabbern gehabt. Mit zwei Jobs hatte sie sich fast zu Tode geschuftet. Bis Jed und Duke gekommen waren. Ich war das komplette Gegenteil, wilder und anspruchsvoller, aber hatte Probleme mit meinem eigenen Vater – obwohl es keinen Vergleich zwischen ihrem, der ein Säufer gewesen war und fast Mr. und Mrs. Duke getötet hatte, und meinem, der mich mit seiner rechten Hand verheiraten wollte, gab.

Die unterschiedlichen Persönlichkeiten mal außer Acht gelassen, standen wir beide auf einen Duke Mann...und einen zweiten. Auch wenn sie von mir von keinen heißen Abenteuern gehört hatte – es verhielt sich eher andersrum – hatte ich sie darüber auf dem Laufenden gehalten, dass Tucker und/oder Colton ständig in meinen Laden kamen und was ich davon hielt.

ICH: *Sie machen mich verrückt.*

Kaitlyn: *Gut verrückt?*

Ich: *Sie sind herrisch und zu heiß für ihr eigenes Wohl. Sie erinnern mich an meinen Vater.*

Kaitlyn: *Das tun sie nicht.*

Ich: *OK. Das tun sie nicht. Aber sie sagen mir, was ich tun soll. Grr.*

Kaitlyn: *Redest du von meinen Männern, denn es klingt ganz nach ihnen (Smiley Emoji)*

Ich: *Tucker und Colton.*

Kaitlyn: *Es ist einfach. Schnapp sie dir. Du weißt, sie wollen dich. Tucker kann nicht aufhören, über dich zu reden.*

Ich: *Das ist beruhigend, aber ich kann sie nicht einfach in den Lagerraum zerren, wenn sie morgen vorbeikommen und mit ihnen loslegen, während andere Männer an der Kasse darauf warten, dass ihre Getreidebestellung aufgenommen wird.*

Kaitlyn: *Geh zu ihnen.*

Ich: *Auf keinen Fall. Dafür bin ich nicht mutig genug.*

Kaitlyn: *Such einen Grund, um zur Ranch zu gehen. Liefer etwas. Sie bestellen doch Heu oder Futter oder so was im Laden, stimmt's?*

Ich: *Jedes Mal, wenn sie da sind. Ich schwöre, sie haben genug Alfalfa Pellets für die nächsten zwei Jahre.*

Kaitlyn: *Siehst du? Sie stehen auf dich.*

Ich: *Die meisten Frauen bekommen Blumen, wenn ein Kerl interessiert ist, sie kaufen Alfalfa Pellets.*

Kaitlyn: *(Smiley Emoji) Sie sagen dir, dass sie dich wollen, oder nicht?*

Ich: *Täglich. Mit jeder Menge Anspielungen.*

Kaitlyn: *Die besten Stücke der Duke Jungs sind nach Steaksorten benannt. Duke enttäuscht nicht. Ich bin mir sicher, T-Bone wird ein ziemlicher Mundvoll sein.*

Ich: *Oh mein Gott!!!*

Kaitlyn: *Und Colton? Gott, er ist scharf.*

Ich: *Na schön. Ich werde etwas an die Ranch liefern. Dann was? Soll ich nur in einem Mantel und High Heels auftauchen? Ihnen sagen, dass ich sie wie zwei wilde Mustangs zähmen will? Fragen, ob ich ihr bestes Stück sehen kann?*

Kaitlyn: *Sag einfach Ja.*

S<small>AG EINFACH</small> J<small>A</small>. Tucker hatte das Gleiche gesagt. Darauf warteten sie. Deswegen würden sie mich weiterhin stalken und warten, bis ich es sagte. Und das war der Grund, aus dem ich hier war und den Laden früher geschlossen hatte, damit ich die Lieferung selbst machen konnte.

Kaitlyn hatte ihre Männer. Es war an der Zeit, dass ich mir eingestand, was ich wollte und mir meine schnappte. Nachdem ich durch den Eisenbogen zur Dukeranch gefahren war, betrachtete ich Tuckers Welt. Von Kaitlyn wusste ich, dass er das Kind war, das die Rinderfarm der Familie übernommen hatte, als Mr. und Mrs. Duke in Rente gegangen waren. Als sie in dem Unfall verletzt worden waren, waren alle Duke Kinder noch Teenager gewesen und hatten auf der Ranch gearbeitet. Die Kinder hatten sie am Laufen gehalten, während die Eltern wieder gesund wurden. Sie kannten das Ranchleben in und auswendig. Aber Tucker schien es im Blut zu liegen.

Ich passierte das Haus, ein zweistöckiges Riesenteil mit weißen Schindeln. Es musste riesig sein, sie hatten schließlich vier Kinder gehabt. Das Dach war aus Metall. Der steile Winkel ermöglichte es, dass die Schneemassen, die jedes Jahr auf Raines niederfielen, hinunterrutschen konnten. Die Umgebung war wunderschön, ein von Pappeln gesäumter Bach schlängelte sich durch den hinteren Bereich. Der Fahrweg folgte dem Bach zu den Ranchgebäuden in der Ferne und ich holperte langsam in diese Richtung. Eine Scheune – auf die ich zusteuerte – und mehrere andere Gebäude, die etwas dahinter lagen. Ich nahm an, dass es sich mindestens um einen Stall und eine Schlafbaracke handelte. Die Ranch meines Vaters hatte sich zwar mit Vollblütern beschäftigt, dennoch wirkte diese hier vertraut. Auf eine Art war es, als käme ich nach Hause. Ich fühlte mich auf einer Ranch wohl. Sogar willkommen, allein wegen der Kulisse.

Colton hatte gestern vorbeigeschaut, um seinem üblichen Stalking nachzugehen, und hatte offene Panels und Anschlusskäfige bestellt. Ja, eines von diesen Zaundingern, das Rinderfarmer brauchen, um ihre Tiere gezielt von A nach B zu treiben, damit sie gebrandmarkt, eine Ohrmarke erhalten oder auch geimpft werden konnten. Rancher mochten vielleicht wissen, wie so etwas aussah, aber alle anderen Menschen dieser Welt würden in den Anhänger schauen und eine Menge Metallzäune sehen.

Da es sich um mehrere tausend Dollar handelte, ging ich davon aus, dass es etwas war, was die Ranch wirklich brauchte. Und ich nutzte diese monströse Ausrüstung als Ausrede, damit ich hierherkommen und zu Colton und Tucker Ja sagen konnte. Ich konnte den Anhänger zwar nicht selbst beladen oder die Teile rausholen, weil sie einfach wahnsinnig schwer waren und die Muskelkraft mehrerer großer Männer erforderten, aber ich konnte sie anliefern, vor allem weil mein üblicher Fahrer Schweinefutter zur Barnes Ranch lieferte. Ich fand es absolut widerlich von Roscoe, dass er mit mir flirtete, obwohl er verheiratet war. Ich kannte seine Frau nicht, aber ich wollte nicht *diese* Frau sein. Also kümmerte sich Hank um *all* die Schweine. Ich lachte leise. Ja, Roscoe passte zu seinem Vieh.

Ich parkte den Truck in der Nähe des Stalls und sprang raus, schaute mich um.

„Ma'am, kann ich Ihnen helfen?"

Ich wirbelte bei der Stimme herum. Ein neugieriger Cowboy. Er nahm seinen Hut ab, hielt ihn in der Mitte fest und drückte ihn an seinen Jeans bedeckten Schenkel. Er schenkte mir ein Lächeln, von dem ich wusste, dass es einer Menge Ladies die Höschen abschwatzen konnte. Er war groß, muskulös in seinem enganliegenden T-Shirt, Jeans und Arbeitsstiefeln, aber er konnte seinem Boss nicht das Wasser reichen. Oder Colton – der auch sein Boss sein könnte, weil er hier der Vorarbeiter war.

Ich verspürte eine merkwürdige Enttäuschung, weil er nicht Tucker oder Colton war. Colton, das wusste ich, war irgendwo in der Nähe und wohnte in den Schlafbaracken. Diese kleine nützliche Information hatte ich von Kaitlyn erhalten, meiner Quelle zu allem, was die Dukes betraf. Klar, ich hatte mir extra Zeit für mein Make-up genommen, ehe ich aus der Stadt gefahren war. Wahrscheinlich war kein anderer Lieferant scharf auf einen Kunden, aber sie gingen mir wirklich unter die Haut. Ich war interessiert... sogar begierig, Tucker und Colton zu sehen.

Als mir klarwurde, dass der Typ auf meine Antwort wartete, kleisterte ich mir ein Lächeln ins Gesicht. „Ich bin Ava vom Seed & Feed und ich habe eure Rinderpanels dabei." Ich deutete mit dem Daumen über meine Schulter zu meiner Ladung.

„Nun, Ava vom Seed & Feed, ich bin Ryan. Ich kann gerne ein paar der anderen holen, damit wir das für dich abladen können."

„Dankeschön."

Er trat einen Schritt näher, setzte seinen Hut wieder auf den Kopf. „Und wenn du noch irgendetwas anderes brauchst, frag einfach. Ich stehe dir zu Diensten. *Egal was.*"

„Ryan!"

Ich zuckte bei dem scharfen Tonfall zusammen und Ryan wirbelte auf dem Absatz herum.

Ich hatte keine Ahnung, wie es mir hatte entgehen können, dass sich Colton näherte, aber das war es. Genauso wie Ryan.

„Boss", sagte Ryan, das Lächeln war von seinem Gesicht verschwunden.

„Geh und hol ein paar andere, die dir beim Entladen des Anhängers helfen können", befahl Colton, während er seine Daumen in seine vorderen Hosentaschen hakte und seinen Blick direkt auf mich richtete. Das lenkte mein Augenmerk auf seine abgetragenen Jeans und wie sie sich an, ähm... alles anschmiegten. Gott, selbst aus fünf Metern Entfernung konnte ich den Umriss seines Schwanzes nicht übersehen. Und es war auch keine kleine Wölbung. Nein, es war, als hätte er sich ein Rohr in die Hose gestopft. Die Art, wie er sich zu seiner linken Hand hochbog, veranlasste mich dazu, mir die Lippen zu lecken. Steckte deswegen nur sein Daumen in seiner Tasche, weil sein Schwanz im Weg war?

Ich sah auf und sein Mundwinkel bog sich nach oben.

Ich war erwischt worden.

Ich errötete, aber ich würde mich für meine Bewunderung seiner männlichen Gestalt nicht schämen.

Er betrachtete mich auf die gleiche Weise. Sein dunkler Blick glitt über meinen Körper, als hätte er Supermans Röntgenblick und könnte direkt durch meine Kleider sehen. Und der ebenso bewundernde Ausdruck in seinen Augen bewies, dass ihm gefiel, was er sah.

Was mich betraf? Das ganze groß, dunkel und gut aussehend Ding zog bei mir. Das hatte es schon, seit er jenes erste Mal in den Laden gekommen war. Sein dunkles Haar lockte sich unter der Hutkrempe, berührte den Kragen seines Hemdes. Das Hemd sollte nicht sexy sein, aber es war enganliegend, weil seine Schultern einfach zu breit waren, seine Muskeln zu dick. Apropos dick...ich konnte meine Augen kaum von der Vorderseite seiner Hose loseisen. Allerdings gelang es mir, sie ein paar Zentimeter nach oben wandern zu lassen, um die gigantische, glänzende Gürtelschnalle zu betrachten, die darauf hinwies, dass er irgendeinen Wettbewerb gewonnen hatte. Rodeo, Roping, irgendwas. Irgendwas, das meine Pussy feucht machte und meine Brustwarzen – da war ich mir sicher – gegen mein Oberteil drücken ließ.

Ich schaute wieder in sein Gesicht, jep, er hatte es bemerkt.

Ryan warf mir einen Blick zu und dann Colton, tippte sich an den Hut, ohne ein Wort zu sagen, und lief davon.

Als Ryan um die Seite des Gebäudes verschwunden war, näherte sich Colton. „Kann nicht behaupten, dass mein Schwanz jemals zuvor für einen Lieferanten hart geworden wäre."

3

VA

Als er vor mir stand, verschob er seine Hose, als hätte er Schmerzen. Ich musste davon ausgehen, dass das vielleicht stimmte. Da war eine Menge...Fleisch, das in ein Paar Jeans passen musste.

„Ich bin mir sicher, dein Schwanz wird für alles in einem Rock hart", konterte ich.

Er beobachtete mich, während er noch näher trat, sagte nichts. Seine Hand hob sich und strich mir die Haare hinters Ohr. Eine sanfte Berührung, als wolle er wissen, wie sich meine Haare anfühlten. Als wäre ich eine schreckhafte Stute und er wolle mich nicht erschrecken.

Oh Scheiße. Er konnte mit diesen großen, kräftigen Händen sanft sein. Ein großer, männlicher Cowboy, der wusste, wie man sanft war? Mein Slip war allein deswegen ruiniert.

„Hast du es immer noch nicht begriffen, Süße? Du

beherrschst meinen Schwanz. Er gehört dir. Du musst nur aufhören, gegen diese Anziehung zwischen uns zu kämpfen und Ja sagen."

Oh. Schon wieder das *Ja*.

Ich wandte den Blick ab, räusperte mich. „Wo ist Tucker? Ich dachte, euch zwei gibt's nur im Doppelpack."

Das stimmte nicht ganz; sie waren einige Male allein in den Laden gekommen. Ich betrachtete sie nur als Duo. Als... schluck, mein?

„Du bekommst uns definitiv beide. Aber es muss nicht immer gemeinsam sein. Du und ich, wir können auch ganz allein etwas Spaß haben."

Er redete nicht davon, ins Kino oder ausreiten zu gehen. Ich könnte Tucker und Colton zusammen – einen Dreier – haben, aber auch einzeln mit ihnen Sex haben? Machte Kaitlyn das mit Duke und Jed? Ich wusste, sie hatten Sex... jede Menge davon, aber ich hatte nie wirklich darüber nachgedacht, wie die Männer sie teilten.

Ich kannte die Regeln nicht oder was Tucker und Colton erwarteten.

Colton schwieg, während er mich aufmerksam musterte. Lächelte. „Komm mit. Tucker ist mit ein paar anderen auf dem Reitplatz. Trainieren."

„Trainieren?", fragte ich, während er meine Hand nahm.

Sein Griff war warm, sanft – ja das schon wieder – meine ganze Hand passte in seine schwielige Handfläche. Wegen seiner Größe und langen Beine musste er sein Tempo drosseln, um sich meinem anzupassen. Wir umrundeten das Gebäude und da war Tucker mit ein paar anderen Männern. Einer saß auf einem Quad, das einen fake Stier zog. Es war ein Metallstier auf Rädern, der herumgezogen wurde, um ein echtes rennendes Tier zu simulieren, damit man für Steer-Roping-Wettbewerbe trainieren konnte.

Tucker saß auf einem Pferd, schwang und warf ein Lasso, das sich um den Metallhals des Tieres legte. Das Quad hielt an.

„Ich wusste nicht, dass er an Wettkämpfen teilnimmt", sagte ich, während ich meine Unterarme oben auf den Holzzaun legte und beobachtete, wie sich Tucker aus dem Sattel schwang und auf den Füßen im Dreck landete, wobei er an dem Seil zog. Wenn das ein Wettbewerb wäre, müsste er noch immer den Kopf des Tieres packen und es umwerfen, damit die Uhr stoppte. Ich selbst hatte noch nie an Wettbewerben teilgenommen. Ich war nicht mal ansatzweise kräftig genug, um einen Stier zu Boden zu ringen, aber das hatte mich nicht davon abgehalten, zu lernen, wie man ein Tier mit dem Lasso fing.

Colton stand neben mir, einen staubigen Stiefel auf die untere Zaunstrebe gestellt. Die Position straffte seine Jeans über seinem Schenkel.

„Er nimmt ab und zu nur zum Spaß an Wettbewerben teil", erklärte er. „Aber nicht wie Duke oder sogar Jed. Sie waren Champions im Roping, Bullenreiten. In ein paar Wochen gibt es einen Wettkampf in Missoula. Einige der Männer nehmen an ein paar der Wettbewerbe teil. Tucker hat einfach nur Spaß daran."

„Was ist mit dir? Nimmst du teil?", fragte ich ihn.

Er drehte seinen Kopf, warf mir einen Blick zu. „Nee, diese Kerle sind alle verrückt. Ich bleibe gerne auf meinem Pferd. Also hab ich Barrel Racing gemacht."

Tucker erspähte uns und führte sein Pferd zu uns.

„Ava", murmelte Tucker und stellte sich direkt vor mich, sodass uns nur noch der Zaun trennte. Er streichelte mit einer Hand über meine Haare und musterte mein Gesicht, wobei sich sein Blick auf meine Lippen heftete. Er schien überrascht, dennoch erfreut zu sein, mich zu sehen. Ich mochte diesen Look an ihm, ein echter Cowboy, der gerade erst vom Pferd gestiegen war, seinen Hut und staubige Stiefel anhatte, einen stoppeligen Kiefer.

„Sie hat die Rinder Panels geliefert", erklärte Colton meine Anwesenheit.

„Dankeschön dafür. Willkommen auf meiner Ranch."

Ich sah mich um, obwohl ich nicht allzu viel sehen konnte, während er vor mir stand und Colton an meiner Seite. „Sie ist hübsch."

Das war sie wirklich. Abgesehen von der schönen Lage im Tal, machte sie auch den Eindruck, als würde sie gut geführt werden. Von der Gerüchteküche im Seed & Feed – hinter der Kasse zu stehen, hatte mir so einige Informationen beschafft – wusste ich, dass die Duke Ranch eine der Größten im ganzen Gebiet war, ihre Hereford-Rinder alle mit Gras gefüttert wurden und als premium Qualität eingestuft waren.

„Ich bin froh, dass sie dir gefällt. Deine Meinung ist wichtig." Bevor ich diese Aussage verdauen konnte, fragte er: „Schon mal ein Pferd geritten?"

Ich biss auf meine Lippe, dann antwortete ich: „Klar."

„Willst du Simon testen?" Tucker deutete mit dem Kopf zu dem Quarter Horse. „Er wird dir einen sanften Ritt bereiten."

Auf diese Aussage ließ er ein Zwinkern folgen.

„Ich mag keinen sanften Ritt. Ich ziehe einen langen, harten vor, bei dem wir alle schwer atmen und am Ende ganz verschwitzt sind", erwiderte ich. Die Worte kamen mit meinem üblichen trockenen Humor heraus, aber sie hingen in der Luft. Ganz plötzlich war ich nervös. Hatte ich sie falsch gelesen? War ich *zu* forsch? Bis jetzt hatten sie das Spiel allein gespielt, hatten mich scharf gemacht. Dieses

Mal war mir danach, zurückzuschlagen. Auge um Auge, Zahn um Zahn. Oder vielleicht Muschi um Penis?

Sie hatten wochenlang mit Anzüglichkeiten und eindeutigen Aussagen um sich geworfen. Es war ja nicht so, als würden sie sich hier im Übungsring, wo ein Haufen Helfer herumstanden, auf mich stürzen. Die eine Sache, die ich mit Bestimmtheit über Colton und Tucker wusste, war, dass sie zwar nicht schüchtern mit ihren Wünschen mir gegenüber waren, aber sie waren besitzergreifend und hatten nicht vor, irgendetwas von dem, was wir taten, mit anderen zu teilen.

Tuckers Nasenflügel blähten sich, ehe er seine Augen verengte. Sie glühten geradezu, als würde er über meine Worte nachdenken und wie es uns nach einer schweißtreibenden Runde hemmungslosen Vögelns ergehen würde. „Wie ich dir sagte, Colton. Unsere Tigerin hat Krallen."

Innerlich grinste ich. Ein Punkt für dich Ava.

Gut, sie waren genau bei mir. Meine Frechheit hatte gewirkt, obwohl sie mich noch feuchter gemacht hatte, insbesondere weil Tucker so nah bei mir stand, dass ich seinen sauberen, herben Duft einatmen konnte. Die Vorstellung, wie es wohl sein würde, machte mich ebenfalls ganz scharf.

Keiner von beiden ließ mich kalt. Sie...sie übten eine unglaubliche Anziehungskraft auf mich aus.

„Süße", knurrte Colton. Er stellte sich direkt hinter mich, eine Hand legte sich auf meine Taille. Ich spürte den harten Umriss seiner Männlichkeit, die sich gegen meinen unteren Rücken drückte. Der wilde Ritt würde nicht nur mit einem Hengst, sondern zweien, von statten gehen. „Was willst du dann?"

Seine Hitze ging auf mich über und ich wollte mich nur

noch an ihn lehnen, jeden harten Zentimeter von ihm spüren, mich fallen lassen. Mich hinten an ihm reiben, vielleicht in meine Jeans unter meinen Slip greifen und mit mir spielen.

Aber nein.

Nein!

Sie hatten lange Zeit auf das hier, mich, hingearbeitet. Ich würde jetzt nicht einfach so nachgeben. Oh, ich würde nachgeben und das bald. Kaitlyn hatte recht. Ich sollte sie mir einfach schnappen. Auch wenn ich mir das zuvor noch nicht ganz eingestanden hatte, so hatte ich es doch immer gewusst. Ihre Beharrlichkeit, nun...Stalking, bewies, dass sie wirklich interessiert waren und das nicht nur an einem kurzen, spaßigen Quickie.

Männer wie Roscoe Barnes konnten es versuchen, aber ich war keine, die schnell mit irgendjemandem in die Kiste sprang. Sicher, eine Frau konnte einen One-Night-Stand haben, wenn sie wollte – die süße und liebe Kaitlyn hatte einen gehabt, ohne auch nur Duke oder Jeds Namen zu kennen, aber dieser war zu einem „für immer" geworden.

Ein Quickie in der Toilette einer Bar oder sogar im Bett irgendeines Kerls? Das war nicht ich. Das waren auch nicht Tucker oder Colton, zumindest hatte es bei mir diesen Anschein.

Abgelenkt von Coltons Nähe, brachte ich stotternd hervor: „Im Moment möchte ich, bin ich...mehr daran interessiert, diesen fake Stier mit dem Lasso zu fangen."

Ich brauchte Platz. Luft. Etwas mehr Zeit, bevor ich das eine Wort, auf das sie gewartet hatten, aussprach.

Ja. Nur eine Silbe und ich würde ihnen gehören.

Tucker schaute über seine Schulter, beobachtete, wie einer der Männer, der in der Mitte des Platzes stand, mit seinem Lasso übte. „Alles klar. Steig über den Zaun und ich werde dir zeigen, wie es gemacht wird."

Ich wusste genau, wie es gemacht wurde, aber das würde ich ihm nicht verraten.

Colton half mir über den Zaun zu klettern. Tucker packte meine Taille und hob mich darüber, dann stellte er mich auf dem Erdboden auf die Füße. Direkt vor sich. Ich warf einen Blick zurück zu Colton.

„Mach dir keine Gedanken um mich, Süße. Ich schaue gern zu." Er zwinkerte.

Tucker ließ die Zügel seines Pferdes fallen und führte mich anschließend in die Mitte des Platzes. Ein anderer Kerl hatte gerade den fake Stier mit dem Lasso gefangen und nahm jetzt die Schlaufe von den Hörnern.

Tucker pfiff und jemand brachte ein Seil, das bereits zu einem Lasso geknotet war. Der Kerl tippte sich an den Hut und nannte mich Ma'am, ehe er zurück zum Zaun ging. Tucker reichte mir das Seil, dann stellte er sich hinter mich, schlang seine Arme um meine Taille und zeigte mir, wie ich es richtig halten, wie ich es über meinem Kopf kreisen lassen sollte. Im Anschluss ließ er mich das Lasso werfen. Ja, dass er mich in den Armen hielt, mir ins Ohr murmelte... allein dafür war es wert, dass ich mein Können geheim hielt, wenn auch nur für ein oder zwei weitere Minuten.

Da wir nicht viel Kraft in den Wurf gelegt hatten, erreichte das Seil den fake Stier nicht, aber Tucker war ein guter Lehrer und es störte mich nicht, an ihn gepresst zu sein. Kein kleines bisschen. Und *nichts* an ihm war klein.

„Jetzt werde ich zurücktreten und es dich allein versuchen lassen. Versuch es zuerst, während sich der Stier nicht bewegt. Wenn du das draufhast, können wir ihn von Ken über den Platz ziehen lassen." Der Kerl auf dem Quad tippte sich zur Antwort an den Hut, wartete. Beobachtete.

Ich blickte zu Tucker hoch. Er sah ernst aus, nicht als würde er Witze machen. Er machte sich nicht über mich lustig, versuchte nicht, das Mädchen wie einen Trottel dastehen zu lassen, sondern gab sich aufrichtig Mühe mit seiner Hilfe. Er wollte, dass ich erfolgreich war. Das nahm meiner Motivation, das Metalltier mit dem Lasso zu fangen, ein wenig von meinem weiblichen Stolz, aber nicht viel.

Ich trat einige Schritte näher, legte meine rechte Hand dort hin, wo ich sie haben wollte, beließ meine linke Hand an dem Seil, aber locker.

Das Seil fühlte sich in meinem Griff vertraut an, die Bewegungen fielen mir wieder ein, obwohl es eine ganze Weile her war, seit ich das zuletzt getan hatte. Ich schwang das Seil über meinem Kopf, während ich langsam zu dem Stier lief. Dann stellte ich mich sicher auf beide Füße, schwang mein Handgelenk und ließ das Lasso fliegen.

Es flog mühelos durch die Luft und landete direkt über dem Kopf des Stiers.

Klatschen kam von den Männern, die um den Platz standen. Tucker trat zu mir und beugte sich so nah zu mir, dass sein Atem über mein Ohr strich, eine Hand legte sich auf meine Taille. „Warum habe ich das Gefühl, dass du das schon mal gemacht hast?"

Ich erschauderte, obwohl es gar nicht kalt war. Ich blickte in seine blauen Augen, in denen nicht nur Begehren, sondern auch Belustigung funkelten. Ich zuckte zur Antwort mit den Achseln, schenkte ihm ein knappes Lächeln. Indem er sein Kinn hob, bedeutete er einem seiner Mitarbeiter, das Lasso vom Stier zu wickeln und ich zog es zurück, wobei ich das Seil aufwickelte.

„Woher hast du gesagt, kommst du nochmal?", fragte er, während ich das tat.

„Denver." Ich schaute ihn nicht an, sondern kümmerte

mich weiterhin um meine Aufgabe, bis ich das gesamte Seil in meiner Hand hielt.

„Hm. Soll ich den Stier dieses Mal ziehen lassen?" Er war sich eindeutig nicht sicher, ob ich erfahren im Lassowerfen war oder nur Anfängerglück gehabt hatte.

„Klar."

Er pfiff einmal, kreiste mit dem Finger und Ken ließ das Quad an und umkreiste langsam den Platz. Tucker bewegte sich so, dass er hinter mir und nicht im Weg stand. Ich lief in dem breiten Kreis umher, folgte dem Pfad des fake Stiers. Ich brachte mein Seil in die richtige Position, begann es zu schwingen, dann warf ich es.

Als es sich wieder um den Kopf legte, lachte Tucker.

Ken stoppte das Quad, schaltete den Motor aus.

„Denver?", fragte er wieder, legte den Kopf schief und musterte mich von Kopf bis zu meinen Stiefeln mit den hohen Absätzen. „Mir war nicht bewusst, dass es in so einer großen Stadt viele Stiere gibt, die eingefangen werden müssen."

„Denver", bestätigte ich. „Und nein, es gibt keine. Aber ich habe meine Sommer auf der Familienranch in den Bergen verbracht. Jede Menge Stiere zum Einfangen und keine Eltern in der Nähe, die mir sagten, ich müsse mich damenhaft benehmen."

„Ich bin beeindruckt", antwortete er. Er lächelte und schüttelte leicht den Kopf, als hätte ich ihn gleichzeitig überrascht und erregt.

Seine Reaktion überraschte hingegen *mich*. Ich war kein kleines Frauchen, das man zu Partys begleitete und herumzeigte. Das eine Mal, als ich meinem Vater erzählt hatte, dass ich gelernt hatte ein Lasso zu werfen, hatte er nur nachsichtig gelächelt und mir gesagt, dass Mädchen solche Dinge nicht tun sollten. Was Perry anging, wenn er mein

Ehemann wäre, würde ich nie wieder eine Kuh sehen, außer sie war durchgebraten und lag auf einem Teller mit einem Petersilienblättchen.

Darüber hinaus gefiel es den wenigsten Männern, wenn sie von einer Frau vorgeführt wurden, vor allem nicht, wenn er dabei als Boss vor seinen Männern stand. Tucker schien kein bisschen aufgebracht zu sein. Tatsächlich schien er eher stolz auf mein ungewöhnliches Talent zu sein. Schien zu denken, dass es jetzt noch mehr als zuvor bewiesen war, dass wir zusammengehörten. Dass ich *hierher* gehörte.

„Ich vermute, du kannst das auch vom Rücken eines Pferdes", meinte er.

Das Lasso war von dem Stier gelöst worden und ich zog das Seil wieder zu mir, wobei ich es in meinem Griff zu ordentlichen Schlaufen aufwickelte. Ich fühlte mich…gut. Erleichtert. Beruhigt. Ich konnte ich selbst sein. Make-up und Maniküre, aber auch Mist.

„Du vermutest richtig."

„Simon steht dir jederzeit zur Verfügung, wenn du herkommen und reiten möchtest."

Ich schüttelte den Kopf, reichte ihm das aufgewickelte Seil. „Nicht heute. Ich reite nicht mit Absätzen."

Er lachte wieder. „Natürlich tust du das nicht." Er steckte eine Hand in seine Jeanstasche, näherte sich mir. Er blickte mir forschend ins Gesicht, dann strich er meine Haare hinter mein Ohr, genau wie es Colton getan hatte.

„Du trägst also nur Absätze, um einen Kerl auf seinen Platz zu verweisen?" Das hatte ich bei ihm und all den anderen auf dem Reitplatz auf jeden Fall getan.

Langsam schüttelte ich den Kopf. Holte tief Luft. „Nope." Ich stellte mich auf meine Zehenspitzen und flüsterte in sein Ohr. Da wir in der Mitte des Platzes standen, war niemand nah genug, als das wir belauscht hätten werden können, aber trotzdem. „Ich trage gerne Absätze, wenn ich vögle."

Eine Augenbraue hob sich und er grinste. Als er mich dieses Mal ansah, lag nur noch Begehren in seinem Blick. „Und warum ist das so?"

„Ich kann diese scharfen Spitzen in den Arsch eines Kerls drücken und ihn dorthin lenken, wo ich ihn haben will."

„Ich bin kein Rindvieh, das mit dem Lasso gefangen wird", konterte er.

Ich hob meine Hand und legte sie an seinen Hals. Aus dieser Nähe konnte ich sehen, dass seine Augen mehr grün als blau waren und dass seine Bartstoppeln zwar hell waren, aber dennoch seine markanten Gesichtszüge betonten. Ich wollte diese Stoppeln an der Innenseite meiner Schenkel spüren. Wollte nicht mehr warten. Er hatte recht damit gehabt, dass all unser Gezanke ein Vorspiel gewesen war. Gott, ich war so was von bereit.

„Bist du dir da auch wirklich sicher? Ich hab gehört, dein Spitzname sei T-Bone."

„Tigerin, ich hab den Namen nicht wegen meiner Steaks bekommen. Soll ich es dir zeigen?"

Das war der Moment. Ich hatte auf ihn hingearbeitet, seit ich auf die Ranch gefahren war, aber er und Colton hatten es schon vor Wochen begonnen. Ich wollte ihn...sie.

„Ja."

Und sofort veränderte sich Tucker. In seinem Blick lagen reines Begehren, reine Entschlossenheit. Er ergriff meine Hand und führte mich zu Colton, der nach wie vor am Zaun stand. Colton konnte zweifellos sehen, dass sich die Dinge von Spaß und Jux zu etwas anderem verschoben hatten, dass Tucker beabsichtigte, mich sofort von hier fortzuschaffen. Er richtete sich nämlich zu seiner vollen

Größe auf und griff nach mir, als Tucker mich hoch und über den Zaun hob, als wöge ich nicht mehr als eine Feder.

Anstatt mich auf den Boden zu stellen, warf mich Colton über seine Schulter und marschierte vom Platz weg. Ich konnte Tuckers Schienbeine sehen, weshalb ich wusste, dass er uns folgte.

„Süße, du bist nicht die Einzige, die mit einem Seil umgehen kann", sagte Colton, während er einen Arm um die Rückseite meiner Schenkel schlang und nicht langsamer wurde. „Es ist Zeit, dass du diejenige bist, die verschnürt wird."

4

Ein Monat. Vier Wochen. Achtundzwanzig verfluchte Tage hatten wir darauf gewartet, Ava zu der Unseren zu machen. Achtundzwanzig Tage, während derer ich an sie gedacht hatte, wenn ich mir mit der Hand einen runtergeholt hatte. Ich war morgens mit einem Schwanz so hart wie einem Zaunpfahl aufgewacht und hatte nichts tun können, bis ich mich darum gekümmert hatte. Ich hatte mir vorgestellt, wie sie auf allen vieren auf meinem Bett positioniert war, während ich ihre Hüften packte, in sie hämmerte und dabei auf einen rosa Handabdruck auf ihrem Arsch von einem Spanking starrte. Ein Bein über meine Schulter geworfen, während ich sie gegen ihre Bürotür drückte, vor ihr kniend und sie oral befriedigend. Die süße Saugkraft ihres Mundes, während sie versuchte, alles von mir aufzunehmen. Die Liste meiner Wichsfantasien war lang und ich hatte sie noch nicht einmal angefasst.

Jedes Mal, wenn ich sie im Laden sah, wurde ich hart. Roscoe Barnes hatte gesagt, er würde an den Straßenrand fahren und sich einen runterholen müssen, ehe er nach Hause ging, nachdem er sich in Avas Nähe aufgehalten hatte. Er war nicht der Einzige. Das hatte ich dem betrügenden Drecksack natürlich nicht erzählt, als ich ihn an jenem Tag, an dem er sie respektlos behandelt hatte, zu seinem Truck eskortiert hatte. Anfang dieser Woche hatte ich selbst an den Straßenrand fahren müssen, nachdem ich in den Laden gegangen war und sie über einen der Nageleimer, den sie auffüllte, gebeugt gesehen hatte. Ich hatte auf halbem Weg zurück zur Ranch am Seitenstreifen geparkt und mir einen runtergeholt, weil ich total auf ihren Arsch abfuhr.

Und dann war da noch ihr Duft. Beschissene Erdbeeren. Und ihre Haut war wie Sahne, hell und perfekt. Sie war eine Sexbombe in einem straffen kleinen Paket, ganz weiblich und geradezu spießig. High Heels und Glitzer auf ihren Klamotten. Make-up und Schmuck. Die Hälfte des Reizes war für mich, sie ganz zerzaust zu sehen, ihr Lippenstift verschmiert, weil sie meinen Schwanz geblasen hatte, ihre Haare ein wildes Durcheinander auf meinem Kissen nach einer schweißtreibenden Nacht voller Ficken. Kleine Knutschflecke auf ihrer Haut würden beweisen, wo ich gewesen war. Definitiv ein paar Handabdrücke auf ihrem Arsch.

Das war alles eine erfreuliche Fantasie gewesen. Ein Traum. Bis zu genau dieser verdammten Sekunde.

Ich hatte sie gerade durch die Hintertür des Haupthauses getragen, Tucker dicht auf unseren Fersen. Die Fliegengittertür schlug zu. Jetzt war es Realität. Wir hatten sie genau da, wo wir sie wollten.

Ich stellte sie in der großen Küche vorsichtig auf ihre

T-Bone

Füße, ließ eine stabilisierende Hand auf ihr ruhen, bis sie ihr Gleichgewicht wieder gefunden hatte. „So kleines Cowgirl, wir können es so schnell oder langsam angehen lassen wie du willst, aber mein Schwanz wird sich mit deiner Pussy besser vertraut machen."

Sie lachte und das sorgte dafür, dass sich meine Hoden zusammenzogen. „Ich will es nicht langsam. Zum Teufel, ich bin seit einem Monat feucht."

Nachdem ich meine Gürtelschnalle aufgezogen hatte, öffnete ich meine Jeans, schob sie ein Stück meine Hüften hinunter, sodass ich in meine Boxershorts greifen und meinen Schwanz rausziehen konnte. Er bog sich hoch zu meinem Bauchnabel, federte in ihre Richtung.

„Heilige Scheiße", sagte sie auf mich starrend.

Ich packte den Ansatz, streichelte mich selbst von der Wurzel zur Spitze, ließ einen Lusttropfen meinen Finger hinabgleiten. Grinste, als sie mich weiterhin nur anstarrte. Ja, ich wollte, dass sie erstaunt war, denn das bedeutete, dass sie noch nie zuvor ein Monster wie meines gesehen hatte.

„Wie kannst du mit dem überhaupt laufen?", wollte sie mit großen Augen wissen.

Ja, ich war gut bestückt. Tucker mochte einen Spitznamen für seinen riesigen Schwanz haben, aber ich würde Ava nicht enttäuschen, so viel war sicher.

„Wenn du in der Nähe bist...zur Hölle, selbst wenn ich nur an dich denke, ist es nicht ganz so einfach."

„Wie passt das alles in deine Hose?"

Wir hatten uns wochenlang geneckt und Anzüglichkeiten ausgetauscht. Jetzt machte sie keine Scherze, nicht während ich meine gesamte Länge streichelte.

„Er liegt entlang meines Schenkels, ansonsten würde er eventuell über meinem Gürtel herausragen."

Es war eine Bürde, die ich zu tragen hatte, aber jetzt würde es das wert sein. Jeder Zentimeter würde genützt werden, um Ava Lust zu verschaffen und so wie sie ihre Lippen leckte – was sie wahrscheinlich nicht einmal bemerkte – wollte sie alles.

„Die Kerle, mit denen du in der Vergangenheit zusammen warst, hatten kleine Schwänze, Süße. Ich bin Bluter *und* Fleischer. Du hast nicht bekommen, was du gebraucht hast. Deine Pussy wurde vernachlässigt."

Ich war nicht schüchtern. Nicht bei Ava. Ich hatte null Schamgefühl, während ich mit meinem heraushängenden Schwanz in der Küche stand.

„Warte bist du einen Blick auf T-Bone erhaschst." Ich deutete mit dem Kopf zu Tucker.

Er öffnete seine Hose und zog unter Avas Blicken seinen eigenen Schwanz raus. Unter anderen Umständen wäre es komisch den Schwanz meines Freundes zu sehen, aber er war nicht für mich bestimmt. Er war für Ava. Jeder einzelne Zentimeter von ihm. Und mir.

Sie rieb ihre Schenkel aneinander, als ob unser Anblick, der Anblick dessen, was wir ihr geben würden, zu viel für sie wäre. Ein Wimmern entkam ihren Lippen.

Sie hob eine Hand und krümmte ihre Finger. „Gib's mir, gib's mir."

„Oh, wir werden es dir geben", meinte Tucker, während er sie ausgiebig gaffen ließ. „Zerbrich dir deswegen nicht deinen hübschen kleinen Kopf."

Ein Lusttropfen quoll aus meinem Schlitz und ich fing ihn mit dem Finger auf. Ich trat zu ihr, benetzte ihre Unterlippe damit.

„Schmeck, wie sehr ich dich will. Das ist das einzige Bisschen, das du in deinen Mund bekommst...heute. Es wird alles in deiner Pussy landen."

Ihre rosa Zunge schnellte hervor, leckte den Tropfen ab, während sie einen Stuhl von dem langen Bauerntisch herauszog. Sie nahm mein Hemd in ihre Faust, wodurch sich einige der Druckknöpfe öffneten, drehte mich um und stieß mich in den Stuhl. Ich hätte Widerstand leisten können, aber warum? Ich liebte diesen eifrigen Anfall von Dominanz.

Wenn mein Mädel auf meinen Schoß klettern und meinen Schwanz reiten wollte, dann war das völlig in Ordnung für mich.

Sie stand zwischen meinen gespreizten Beinen und spielte mit der Vorderseite ihrer Jeans. Fuck, ich liebte es, sie so begierig zu sehen. Ich streckte meine Hand aus und stoppte ihre Hände. Ihre hellen Augen blickten in meine.

„Lass mich das tun."

Tucker legte das zusammengerollte Seil auf den Küchentisch – wir würden sie fesseln, aber nicht beim ersten Mal, weil ich ihre Hände auf mir spüren wollte – und stellte sich hinter sie, ergriff den Saum ihres Shirts und hob es hoch. „Ich will dich nackt haben, Tigerin. Ich will sehen, wie du Colton tief aufnimmst. Jeden Zentimeter."

Sie hob ihre Arme, erlaubte ihm, das Shirt über ihren Kopf zu streifen. Seine Hände umfassten ihre mit Spitze und Satin bedeckten Brüste, während er sich nach unten beugte, die Linie ihrer Schulter entlang küsste und mit seinen Zähnen den BH-Träger nach unten zog.

„Ich will beobachten, wie deine Titten hüpfen, während du auf ihm kommst." Seine Hände wanderten zu dem Verschluss an ihrem Rücken.

Sie verharrte regungslos, während wir sie entblößten. Ich zog ihre Jeans über ihre Hüften, hakte meine Finger in ihr Höschen und schob beides ihre Schenkel hinab. Ich ignorierte ihre prallen Nippel direkt vor meinem Gesicht nur, weil ich mich zu ihrer Pussy vorarbeitete. Sie entblößte.

Ich brauchte eine Minute, um ihre Stiefel und Jeans auszuziehen, bis sie nur noch ein Paar knallroter Kniestrümpfe trug.

„Oh Fuck", flüsterte ich. „Schau dich nur an."

Obwohl mein Schwanz pulsierte und Lusttropfen wie aus einem Wasserhahn heraustropften, ignorierte ich ihn und betrachtete sie ungeniert. Erfasste jeden weichen, kurvigen Zentimeter ihres Körpers. Ihre Nippel richteten sich zu festen Spitzen auf. Sie hatten die gleiche Farbe wie ihre Lippen. Ein helles Rosé. Ihre Brüste waren prall, tränenförmig und als Tucker um sie herumgriff und sie wieder von hinten umfasste, dieses Mal Haut auf Haut, war ich fast eifersüchtig.

Fast. Aber wenn seine Hände sich ganz und gar mit ihren Titten beschäftigten und erforschten wie sensibel ihre Nippel waren, dann gehörte ihre Pussy allein mir.

Ich fuhr mit einer Fingerspitze einen Schenkel hoch, über ihren Unterleib und den anderen hinab, betrachtete den Himmel dazwischen. Sie war nicht blank wie manche Frauen, aber sie war gewaxt, sodass nur ein kleines Büschel heller Haare ihre Pussy krönte. Ihre inneren Lippen waren prall und geschwollen – und feucht – öffneten ihre Spalte. Ihre Klit konnte mir nicht entgehen, ganz hart und für mich entblößt. Ich wusste, ich könnte die schützende Haube zurückschieben und sie würde empfindlich sein. Ich konnte fast alles von ihr sehen, während sie vor mir stand, aber Schauen war nicht genug. Oh, fuck nein. Ich wollte berühren, schmecken und in sie gelangen.

Als ich zu ihr hochsah, lag ihr Kopf auf Tuckers Schulter, ihre Augen waren geschlossen, während er ihre

Nippel zwischen seinen Fingern und Daumen hatte. Zupfte, zwickte.

Ich begegnete seinem Blick und er nickte. Ja, sie wollte das. Sie war bereit.

„Lass uns sehen, wie feucht du bist, Süße." Ich umfasste ihre Pussy und ihre Hüften ruckten, meine Finger wurden durch die Bewegung benetzt. Klatschnass. Niemandem konnten die feuchten Geräusche entgehen.

„Oh ja", knurrte Tucker. „Schau dir Coltons Hand an, ganz bedeckt mit deinem Pussysaft. Ist das alles für uns?"

Sie blickte auf mich hinab, ihre blauen Augen dunkel und leidenschaftlich und ganz glasig. Während ich meine Finger über sie gleiten ließ, sie teilte, ihren Eingang fand, dann mühelos einen Finger schön tief in sie schob, begann sie meine Finger zu vögeln.

„Ja! Oh Gott, ich brauche das", stöhnte sie.

Sie war eng. Heiß. Pulsierte. Aus meinem Schwanz quollen noch mehr Lusttropfen. Er war wütend, dass nicht er sie zum Winden und Stöhnen brachte.

Ich zog meinen Finger sofort heraus und sie keuchte. „Nein!"

„Deine arme Pussy. Wenn du etwas reiten willst, Süße, dann wird das mein Schwanz sein."

„Bitte", flehte sie. „Ich brauche es."

Ja, das tat sie.

„Nimmst du die Pille, Süße?"

„Ja", hauchte sie.

„Ich bin sauber. Hab den Papierkram, um es zu beweisen. Ich kann jetzt aufstehen und ihn holen. Ich kann auch eine ganze Schachtel Kondome holen, wenn es das ist, was du willst. Aber lass dir eins gesagt sein, ich hab's noch nie zuvor ohne Gummi gemacht. Bin noch nie ohne Sattel aufgestiegen."

„Ich auch nicht", sagte Tucker.

„Wir haben uns geschworen, dass wir nur mit der Frau, die wir behalten, ungeschützt ficken werden. Und das bist du, Süße."

Ich beobachtete ihr Gesicht, während ich diese Worte aussprach. Wir hatten ihr das den ganzen Monat über erzählt, aber jetzt war es ernst. Wir würden so lange Kondome überstreifen, wie sie es wollte, bis sie sich so sicher war wie wir. Ich würde geduldig sein, aber es würde hart werden – wie ich es gerade war – vor allem jetzt, da ich meinen Finger in diese süße Pussy gesteckt hatte. Da ich wusste, wie sie sich anfühlte, wie es *sein* würde ohne etwas zwischen uns.

„Oder", fuhr ich fort, „du kannst sofort auf mich steigen und mich ungeschützt ficken. Meinen Schwanz mit deinem süßen, klebrigen Honig überziehen."

Tuckers Hand glitt ihren Bauch hinab und zwischen ihre Schenkel. Sie keuchte, während er ertastete, wie feucht sie war. „Oh ja, ich kann es nicht erwarten, meinen Schwanz dort reinzustecken. Dich zu der Meinen zu machen."

„Kein Kondom. Jetzt. Bitte", sagte sie, streckte ihre Hand aus und packte meine Schulter.

Tucker entfernte seine Hand und mit wildem Verlangen kletterte sie auf meinen Schoß. Ihre weichen Titten wurden mir ins Gesicht gedrückt, als sie sich über meinem Schwanz positionierte und mit den Hüften wackelte, bis ich mich an ihrem Eingang befand. Dann senkte sie sich nach unten.

Wir stöhnten gemeinsam, während ich spürte, wie sie sich dehnte und für mich öffnete. Das Gefühl ihrer Pussy war das Unglaublichste in der ganzen verdammten Welt. Heiß und feucht und so eng. Ungeschützter Sex war unglaublich und ich befand mich noch nicht einmal vollständig in ihr. Ich war zu groß für sie, um gleich beim ersten Versuch und ohne Hilfe in sie zu passen.

Ich legte meine Hände auf ihre schmale Taille und veränderte ihre Position. „Lehn dich zurück, Süße. Das ist es. Gut. Siehst du, du hast etwas mehr von mir aufgenommen. Noch ein paar Zentimeter."

Ein Wimmern entwich ihr, während sie versuchte, meinen massiven Schwanz in sich zu drücken. Ich stopfte sie voll und sie war noch nicht fertig.

Ich beugte mich nach vorne und nahm ihren Nippel in meinen Mund. Saugte, dann biss ich sachte darauf.

Ihre Pussy lief sofort aus und sie glitt einen weiteren Zentimeter nach unten.

„Das ist ein braves Mädchen, drückst dich auf Coltons Schwanz runter", meinte Tucker, der mit einer Hand über ihre Haare und ihren nackten Rücken hinabstreichelte. „Ich kann sehen, wie deine Pussy ihn schluckt."

Ihre Hände lagen auf meinen Schultern, sie sah mir in die Augen und hob sich ein Stück.

„Oh fuck, sein Schwanz ist ganz feucht. Du brauchst das, nicht wahr, Tigerin?"

Sie ließ ihr Gewicht fallen, fickte sich auf mir. „Colton!", schrie sie, ihre Augen weiteten sich, als sie endlich direkt auf meinen jeansbedeckten Schenkeln saß.

„Reite mich", knurrte ich. Ich starb einen süßen Tod, weil sie sich nicht bewegte, nur pulsierte und meinen Schwanz drückte, während sie sich anpasste.

Für einen Moment oder zwei beobachtete ich, wie sie darin versank, in dem Gefühl, dass ich sie aufspießte. In dem Vergnügen. Aber dann klärten sich ihre Augen, blickten in meine und ihr Mundwinkel hob sich. „Du bist mir ausgeliefert", stellte sie fest.

Ich stieß ein Lachen aus. „Süße, hast du es noch nicht

gemerkt? Ich bin dir ausgeliefert, seit ich dich zum ersten Mal gesehen habe."

Daraufhin fing sie an, sich zu bewegen. Hoch. Runter. Kreiste mit den Hüften. Ich tat nichts anderes, als sie zu beobachten, während sie herausfand, wie sie sich gerne bewegte, was sich gut anfühlte, was sie noch mehr auslaufen ließ. Ihre Titten hüpften und ich hätte mich gerne nach vorne gebeugt und wieder an einer gesaugt, aber ich wollte ihren Rhythmus nicht durcheinanderbringen. Sie war jetzt ganz in ihrem Elan, ritt mich hart. Hoch, runter. Hoch, mich tief aufnehmen. So tief, dass ich in ihr anstieß.

„Colton, ich brauche...ich kann nicht...es ist – "

Ich drückte ihre Taille sanft. „Was ist los?"

„Es ist nicht genug", keuchte sie.

„Dabei kann ich helfen", meinte Tucker, den wir hinter ihr fast vergessen hatten. Er griff um sie herum, legte seinen Daumen direkt an ihren Mund. „Saug."

Sie nahm die Spitze auf und ich beobachtete, wie sich ihre Wangen aushöhlten. Er zog seinen Daumen heraus und ich sah, dass er feucht war.

Seine Hand glitt ihren Rücken hinab und ich wusste es in der Sekunde, in der er den feuchten Daumen an ihren Po drückte.

„Tucker!"

Ihre inneren Wände zogen sich wie ein Schraubstock um mich zusammen.

„Schon mal zuvor irgendwas hier drin gehabt?", erkundigte er sich, während er sich zu ihr beugte und an ihrem Hals knabberte.

Sie schüttelte den Kopf, ihre langen Haare fielen ihren Rücken hinab.

„Das wirst du", versprach er.

Ich konnte den Augenblick erkennen, als sich ihr

Verstand ausschaltete und ihr Körper die Kontrolle übernahm. Sie war jetzt nicht mehr wild, sondern gab sich dem Vergnügen, meinen Schwanz in sich zu haben, hin. Dem Vergnügen, dass Tucker auf ihrem jungfräulichen Arsch Kreise beschrieb und die Nerven erweckte.

Röte kroch ihren Hals hinab und über ihre Titten, ihre Stirn glänzte schweißnass. Mich ließ das Ganze auch nicht kalt. Ich konnte mich kaum zurückhalten, kaum das Sperma in meinen Eiern behalten, bis sie kam. Ich war in allen Bereichen ein Gentleman, sogar bei schmutzigem Sex.

Sie war nah, ich konnte es sehen. Ich konnte es daran spüren, wie ihre Pussy anfing, mich zu drücken und sogar noch feuchter wurde. Tucker spürte es auch, denn er drückte seinen Daumen in ihren Arsch.

Ihre Augen klappten auf. „Oh", hauchte sie und ihre Augen verschleierten sich. „Oh!", schrie sie und kam auf mir.

Weil Tucker in ihren Hintereingang eindrang, war sie eng. So wie ihre Pussy mich molk, meine Eier förmlich anflehte, nachzugeben, konnte ich mich nicht mehr zurückhalten.

Ich packte ihre Taille und neigte meine Hüften hoch zu ihr. Hielt sie, während mein Sperma in sie schoss. Sie flutete.

Das Gefühl war unbeschreiblich. Heiß. Wie der beste Schuss einer Droge. Feucht. Klatschnass. Umklammernd wie ein Schraubstock. Im Delirium. Jegliches Blut war aus meinem Kopf geflossen und mein Schwanz hatte die Kontrolle. Stoßen. Ficken. Füllen. Erobern. Markieren. Mit Sperma brandmarken.

„Heilige Scheiße." Das war alles, das ich hervorbrachte, als ich wieder zu Atem kam.

Sie brach auf mir zusammen, ganz verschwitzt und befriedigt und ich spürte Tuckers Daumen aus ihr gleiten.

Ich streichelte ihr die Haare aus dem Gesicht. „Süße, Tucker braucht dich."

„Das stimmt, Tigerin. Ich sehne mich verzweifelt nach deiner Pussy."

Sie blickte über ihre Schulter zu ihm und ich half ihr hoch und von mir runter. Mein Schwanz war bedeckt mit ihrer Erregung, genauso wie meine Hoden und als sie auf ihren in Socken steckenden Füßen stand, beobachteten wir, wie dicke Spermatropfen aus ihr tropften und auf den Holzboden. Scheiße, das war eines der heißesten Dinge, die ich jemals gesehen hatte. Es bedeutete, dass ich sie ungeschützt genommen, sie markiert hatte. Sie so mit meinem Sperma abgefüllt hatte, dass es nicht in ihr blieb.

Sie roch nicht mehr nur nach Erdbeeren. Sie roch wie ich, wie Sex und schon bald wie Tucker. Wo auch immer sie hinging, die Männer würden wissen, dass sie vergeben war. Wenn das nicht ausreichte, dann hatte sie noch immer einen gerade-gefickt Ausdruck im Gesicht. Wir würden sicherstellen, dass dieser Ausdruck immer da wäre.

Es würde ihr nie an etwas mangeln, nie an Orgasmen, nie an unserem Sperma. Nach dem zu urteilen, wie hart ich nach wie vor war, würde es mir niemals ausgehen.

„Oh fuck", knurrte Tucker. „Ich bin dran. Zwei Männer, zwei Schwänze, Tigerin."

5

 VA

Es war möglich, dass sich meine Knochen aufgelöst hatten, obwohl ich stand. Meine Schenkel waren von der Anstrengung erschöpft. Gott, ich würde Coltons Schwanz zu reiten jederzeit einem Besuch im Fitnessstudio vorziehen. Ich konnte das Lächeln auf meinem Gesicht nicht unterdrücken.

Was für ein Orgasmus! Ich war mir ziemlich sicher, dass ich geschrien hatte, als ich gekommen war. Gestöhnt, vielleicht sogar gegrunzt hatte. Ich hatte keine Erinnerung daran, da ich für eine Weile neben mir gestanden hatte. Normalerweise berührte ich mich selbst, rieb meinen Kitzler, damit ich zum Höhepunkt kam, wenn ich mit einem Kerl zusammen war. Ich hatte nie genügend Stimulation erhalten oder vielleicht nicht die richtige Art, um mich über die Klippe zu stoßen. Mit Colton war es fantastisch gewesen. Ihn zu reiten hatte mich direkt an die Klippe geführt, aber es war...zu viel gewesen? Ich konnte es nicht beschreiben, nicht einmal in meinem Kopf. Aber als Tucker seinen Daumen *dort* angesetzt hatte. Gott, das hatte meinen Fokus geschärft und die Gefühle waren so intensiv geworden, dass sich mein Körper nicht zurückhalten hatte können. Es war als wäre, gegen meinen Hintern zudrücken, ein magischer Orgasmusknopf.

Wer hätte das gedacht?

Tucker natürlich.

Ich war wahrscheinlich heftiger gekommen, als jemals zuvor in meinem Leben, hatte den größten Schwanz, den ich jemals gesehen hatte – mit Ausnahme von Tucker – aufgenommen, aber ich war noch nicht fertig.

Nope, es war an der Zeit, es mit T-Bone aufzunehmen.

Meine inneren Wände zogen sich zusammen, zu gleichen Teilen leer und begierig und wund.

Aber ein Orgasmus war nicht genug. Ich wollte mehr. Sehnte mich danach. Colton war fantastisch gewesen, aber ich wollte auch Tucker.

Er musste nicht daran zweifeln, dass ich bereit, dass ich feucht war. Coltons Samen tropfte aus mir und keinem von beiden konnte die kleine Pfütze, die sich auf dem Boden bildete, entgehen.

Ich sollte mich deswegen schämen, aber es störte sie nicht. Nein, Coltons Schwanz pulsierte, als wäre er stolz auf das, was er getan hatte und als wolle er es wieder tun. Tucker knurrte und schlang seinen Arm um meine Taille, zog meinen Hintern zurück.

Meine Hände lagen noch immer auf Coltons Schultern, aber jetzt war ich vornübergebeugt und schaute Colton direkt in die Augen.

Er grinste. Sein äußerst befriedigter Gesichtsausdruck

verlieh mir ein Gefühl der Macht. Ich hatte das mit ihm – und seinem Schwanz – gemacht.

„Bereit, Tigerin? Das wird hart und schnell werden. Du hast keine Ahnung, wie scharf es ist, dich mit meinem besten Freund ficken zu sehen."

Sein Griff um mich festigte sich, als er einen Schritt näher trat, sich an meinem Eingang positioniert und in einem langen, langsamen, dicken Stoß in mich glitt.

Ich stellte mich auf die Zehenspitzen, während Colton grinste. „Das ist es, Süße. Nimm ihn auf."

Oh, das war heiß. Zwei Männer.

Und Tucker…ja, er machte seinem Spitznamen alle Ehre. Er mochte nicht so lang wie Colton sein, aber er fühlte sich dicker an, als ob er mich noch weiter dehnen würde, damit ich ihn aufnehmen konnte. Aber das Sperma, das mich füllte, erleichterte sein Eindringen, genauso wie die Position.

Ich liebte es von hinten.

Als er mir auf den Hintern schlug und sich auf meiner rechten Pobacke sofort Hitze ausbreitete, keuchte ich. Mir war noch nie zuvor der Hintern versohlt worden. Zum Teufel, alles, was wir bis jetzt gemacht hatten, hatte ich noch nie zuvor gemacht. Sicher, ich war schon mal oben gewesen oder hatte es von hinten gemacht, aber nicht mit Colton oder Tucker. Nicht mit Pornostarschwänzen. Nicht ohne Kondome.

Das war intensiv. Haut auf Haut. Intim auf die versauteste Art und Weise.

„Das ist dafür, dass du Geheimnisse vor uns hast, kleine Miss Rodeo Champ", sagte Tucker, während er mich vögelte, langsam und gleichmäßig.

„Das stimmt, Süße", fügte Colton hinzu, der mir die Haare aus dem Gesicht strich. Sein Blick sank auf meine

Brüste, die, wie ich wusste, jedes Mal hin und her schwangen, wenn Tucker in mich stieß. „Hast du versucht, uns zu beeindrucken?"

Ich schüttelte den Kopf und Tucker verpasste mir noch einen Hieb, dieses Mal auf die andere Seite. „Es hat mich stolz gemacht, dich dort draußen zu sehen. Hat auch meinen Schwanz hart gemacht. Ich wollte dich genauso positionieren, über einen der Zäune gebeugt, während ich dich hart rannahm."

Bei dieser Vorstellung zog ich mich um ihn zusammen. „Ich bin mehr als ein hübsches Gesicht. Ich lasse mich nicht gerne herumkommandieren", erklärte ich, wobei mein Atem nur noch stoßweise kam.

Tuckers freie Hand wand sich um meine Hüfte und seine Finger tanzten über meine Klit, nahmen sie zwischen zweien gefangen.

„Wer hat jetzt das Sagen?", fragte Tucker und ich realisierte, dass er mich buchstäblich wie ein Hengst bediente. Ich war zum Vögeln, wild und hart, vornübergebeugt, bis er sich tief in mir ergießen würde. Der Unterschied war – und das war nicht die Größe seines Penis – dass er mich zuerst zum Höhepunkt bringen würde. Genauso wie Colton.

„Ich bin so nah", sagte ich ihnen.

„So wunderschön. Du, in dieser Position, ganz nackt, während du deinen Männern erlaubst, dich ganz schmutzig zu machen." Colton redete, während Tucker vögelte. „Du bist ein versautes Mädel, nicht wahr? Nimmst, was wir dir geben?"

„Ja", hauchte ich. Meine Augen fielen zu. Ich konnte Colton nicht länger anschauen. Zu heiß, zu männlich, vor allem weil sein Prachtstück nach wie vor hart war und noch mehr Sperma daraus hervorquoll. Er war immer noch angezogen, mit Ausnahme der Stellen, die zum Vögeln essentiell waren.

Und ich war nackt. Zwischen ihnen. Tucker war hinter mir, sein Schwanz glitt rein und raus. Die Hintertür war offen, sodass jederzeit jemand über uns stolpern könnte. Ich war mir sicher, dass jemand, der auch nur in die Nähe der hinteren Veranda kam, das Klatschen von feuchtem Fleisch auf Fleisch hören könnte. Dass es hart und grob war und ich es so wollte.

Dass ich kommen würde...genau...jetzt.

Ich schrie Tuckers Namen, kratzte über Coltons Schultern. Ich warf meinen Kopf nach hinten, gab merkwürdige Orgasmuslaute von mir, während ich seinen Schwanz molk. Denn er hörte nicht auf, sondern stieß weiterhin in mich. Hart. Härter. Neben den rosa Handabdrücken würde ich auch blaue Flecke haben. Eine geschwollene Pussy. Sperma, das tagelang aus mir tropfen würde.

„Ava", stöhnte Tucker, während er sich tief in mich drückte und mich füllte. Ich konnte die dicken Strahlen spüren und wie sich seine Hoden tief in mir entleerten.

Tucker zog sich heraus und seine Hand ging zu meiner Pussy. Ich zischte, war dort so empfindlich. „Spürst du das? Ganz geschwollen und gut benutzt. All das Sperma. Unser."

Colton beugte sich nach vorne, küsste mich. Sanft. Geradezu süß. „Unser erster Kuss."

Ich starrte ihn an, während er eine Hand auf meinen Hinterkopf legte. „Du magst zwar unser verdorbenes Mädel sein, aber du bist auch unglaublich süß."

Er zwinkerte und ich lächelte. Er zog mich auf seinen Schoß hinab. Ihm war völlig egal, dass ich seine Jeans mit unseren kombinierten Säften einsauen würde.

Tucker zog sein Hemd aus, hielt es mir geöffnet

entgegen. Ich schob einen Arm hinein, dann beugte ich mich so nach vorne, dass ich auch in den anderen schlüpfen konnte. Colton schloss die Druckknöpfe, als wäre ich ein Kind. Diese simple Geste war...liebenswert. Als wäre ich mehr als nur ein Fuckbuddy, nämlich jemand, den sie wertschätzten.

„Was steckt hinter der ganzen Sache, nur ein hübsches Gesicht zu sein?", wollte er wissen.

Ich zog mein Kinn ein, aber er hob es mit seinen Fingern an, sodass ich nicht wegschauen konnte.

„Mein Vater ist ein herrischer Mann. Er hat mir immer gesagt, was ich tun soll. Hat mein Leben diktiert und nicht nur während ich ein Kind war. Er hat arrangiert, dass ich den Vizepräsidenten seiner Firma heiraten soll."

„Arrangiert?", fragte Tucker, während er sich wieder in seiner Jeans verstaute, aber weder den Reißverschluss noch den Knopf schloss. Ich hatte ihn noch nie zuvor ohne Hemd gesehen. Ein Flaum heller Haare breitete sich zwischen seinen flachen Brustwarzen aus, aber verjüngte sich zu seinem Bauchnabel und wuchs weiter zu den dunkleren Locken – die von dem feuchten Sex glänzten – am Ansatz seines besten Stücks.

„Jep."

„Hast du deswegen so lange gebraucht, bis du Ja gesagt hast? Weil wir herrisch sind?"

Ich zuckte mit den Schultern. „Definitiv, aber es macht mich auch an. Ihr seid auf...andere Weise herrisch. Und ich würde es vorziehen, nicht über meinen Vater zu reden, während ich euer Sperma überall auf mir habe."

Tucker grinste und Colton stand mit mir in seinen Armen auf.

„Wir müssen überhaupt nicht über ihn reden", sagte

Colton. „Dann wollen wir dich mal in der Dusche sauber machen."

„Ja, damit wir dich wieder ganz schmutzig machen können."

TUCKER

„Was ist so wichtig, dass ich mich in der Konservenabteilung mit dir treffen muss?", fragte ich, während ich mich Duke näherte, der vor einem halbvollen Einkaufswagen stand. Er schaute von zwei Dosen, die er in den Händen hielt, hoch.

Er hatte gesagt, er wolle wissen, was es Neues bei mir gab, aber nicht am Telefon. Als ob wir Spione wären und er Sorge hätte, dass unsere Leitungen abgehört werden. Da ich auf dem Weg in die Stadt war, um mich mit Ava zu treffen, hatte ich beschlossen, dass ich zuerst zu ihm gehen könnte. Es war noch nicht ganz Feierabendzeit für den Seed & Feed – ich war zu erpicht darauf gewesen, sie wiederzusehen und war zu früh losgefahren – und entschied daher, zuerst Duke zu finden.

Als ich in die Stadt gekommen war, hatte er mir seinen Aufenthaltsort getextet und dort hatte ich ihn gefunden. Beim Lebensmitteleinkauf.

„Kennst du den Unterschied zwischen gehackten und passierten Tomaten?", wollte er wissen.

„Gehackte sind besser für eine Soße. Passierte sind besser für Rezepte wie Rindereintopf."

Er drehte den Kopf und musterte mich. Um diese Tageszeit war der Laden ziemlich leer, aber die

Hintergrundmusik hatte sich nicht verändert, seit ich ein Kind war und mit meiner Mutter hatte einkaufen müssen.

„Wann bist du zum Italiener mutiert?"

Ich zuckte mit den Achseln. „Collegeaffäre, deren Mutter direkt von dort kam. Beste Lasagne, die ich je hatte. Mit *gehackten Tomaten* in der Soße."

Er wählte eine der Dosen, warf sie in seinen Wagen, schnappte sich zwei weitere aus dem Regal und begann anschließend weiter den Gang runterzulaufen.

„Kaitlyn macht Lasagne. Abendessen ist um sieben. Ihr drei seid eingeladen."

Wir sahen uns nicht gerade ähnlich. Er war zwei Jahre älter und verfügte über einen ausgeprägten Ehrgeiz, was perfekt für seine Jahre beim professionellen Rodeo Circuit gewesen war. Wohingegen er als ruhig betrachtet wurde, war ich der Wilde. Er war dunkel, während ich hell war. Seit er und Jed mit Kaitlyn Leary zusammengekommen waren, hatte er immer ein Lächeln im Gesicht. Ja, er bekam jede Nacht Action.

„Was ist los?", fragte ich, denn ich war ungeduldig, die Dinge voranzutreiben. Ich hatte eine Frau zu besuchen.

Ava hatte mein Bett früh heute Morgen verlassen – obwohl ich sie für zwei, vielleicht auch drei Tage zwischen uns behalten hatte wollen, hätte das nicht funktioniert. Colton und ich hatten eine Ranch zu führen. Rinder interessierten sich einen Scheißdreck für unser Liebesleben und der Seed & Feed öffnete um acht. Diejenigen, die dachten, Ava wäre keine gute Wahl, um ein Landwirtschaftsgeschäft zu führen, mussten sie mal dabei beobachten, wie sie einen Stier mit dem Lasso fing. Colton und ich mochten zwar die Einzigen in der Stadt sein, die sie ohne Make-up und unfrisiert gesehen hatten – als sie zwischen uns aufgewacht war, waren ihre Haare ein wildes, blondes Durcheinander gewesen – aber diejenigen, die sie nur nach ihrem Aussehen beurteilten, sollten sich besser um ihren eigenen Scheiß kümmern.

Ich war vielleicht etwas voreingenommen gewesen, hatte angenommen, dass sie niemals zuvor mit einem Seil gearbeitet hatte. Das bedeutete aber nicht, dass ich gedacht hatte, sie wäre nicht in der Lage das zu tun, nur dass sie es zuvor noch nicht *gemacht hatte*. Es gab nicht viele da draußen, die ein Seil schwingen konnten wie sie. Wir hatten nicht über Wettbewerbe gesprochen, aber ich war recht zuversichtlich, dass sie abräumen könnte.

Duke mochte zwar gut hundert Pfund schwerer sein als sie, aber sie könnte es wahrscheinlich locker mit seinen Fähigkeiten aufnehmen. Oh, er würde den Stier auf den Boden werfen können, ohne zerquetscht zu werden, aber sie hätte das Tier am Seil. Jedes verdammte Mal.

Wenn sie den Seed & Feed leiten wollte und sie das glücklich machte, dann war ich auch glücklich. Das Gleiche galt für Colton. Wir wollten, dass unsere Frau ein Leben hatte, etwas, das jeden Morgen den Wunsch zum Aufstehen in ihr weckte. Damit sie sich...erfüllt fühlte. Und nachts würde sie zu uns nach Hause kommen. Jede verdammte Nacht.

Das Einzige, was wir an ihr ändern würden, war ihre Adresse. Das kleine Haus, in dem sie neben dem Laden wohnte, war ja gut und schön, aber es war zu weit weg. Teufel noch eins, alles, was weiter als eine Armlänge entfernt lag, war zu weit weg, wenn es ans Schlafen ging. Sie würde die Nächte in meinen Armen verbringen. Oder Coltons. Basta.

„Wo zum Henker bist du gerade hingegangen?", fragte Duke und starrte mich an.

Scheiße. Ich war gedanklich abgedriftet und realisierte

jetzt, dass ich ein Regal voller getrockneter Nudeln anstarrte.

„Ava." Ich konnte mein Grinsen nicht unterdrücken, da ich mich an alles erinnerte, was wir getan hatte, wie sie heute Morgen zu ihrem Truck gelaufen war – vielleicht sogar leicht breitbeinig.

Sein Mundwinkel hob sich. „Deswegen wollte ich mich mit dir treffen."

„Wir hätten auch am Telefon über sie reden können?"

Eine Frau, in deren Wagen ein Kleinkind saß, lief vorbei. Sie lächelte und wir tippten an unsere Hüte. Warteten, bis sie um das Regalende bog.

„Wenn wir am Telefon geredet hätten, hätten wir wie Teenagermädchen geklungen", erklärte er. „Kaitlyn sagte, dass Ava endlich den Mut aufgebracht hat, es mit euch zweien aufzunehmen."

Ich rieb mir mit der Hand übers Gesicht. „Meine Fresse, du klingst wie ein Teenagermädchen. *Kaitlyn sagte?* Was ist das hier, Klatsch und Tratsch Stunde?"

„Ich wollte dich nur persönlich sehen." Er nahm zwei Packungen Lasagneplatten, warf sie in seinen Wagen und lief weiter.

„Was zum Geier soll das heißen?", fragte ich, während ich ihm nachlief.

Er musterte mich. „Es heißt, dass ich dich nur anschauen muss, um zu wissen, dass Kaitlyn recht hatte. Du siehst aus wie ein Mann, der flachgelegt worden ist."

Ich trat zu ihm, rückte ihm dicht auf die Pelle. „Du magst zwar größer sein, aber ich kann es trotzdem mit dir aufnehmen."

Da grinste er breit. „Ja, keine gute Idee. Die Nachricht über die Duke Jungs, die sich im Lebensmittelladen prügeln, würde Mom erreichen. Wiedermal."

„Das letzte Mal, als das passiert ist, war ich zwölf."

„Genau. Jetzt wäre es wahrscheinlich schlimmer. Sie könnte uns zur Bestrafung Aufgaben aufhalsen und sie wären immer noch nicht spaßig, aber ich hätte nichts gegen Hausarrest. Nicht, wenn Kaitlyn dort ist."

Ja, das konnte ich absolut nachvollziehen. Wir hatten noch nicht einmal mit all den Arten, auf die ich Ava ficken wollte, angefangen.

Mein Handy piepste und ich zog es aus meiner hinteren Hosentasche. Wischte über den Bildschirm, sah eine SMS von Ava.

Ja, ich war ein richtiges Teenagermädchen, denn mein Herz machte beim Anblick ihres Namens einen kleinen Hüpfer. Sie hatte mir ein Foto geschickt. Ich brauchte eine Sekunde, um zu verstehen, was ich da anschaute. Helle Haut, pinke Spitze. Noch etwas anderes, das sehr rosa war. „Heiliges Kanonenrohr", murmelte ich und wurde sofort hart.

„Was?", fragte Duke, plötzlich ernst. „Stimmt etwas nicht?"

Unter keinen Umständen würde ich meinen Bruder das Foto, das Ava gemacht hatte, sehen lassen. Ihr Hintern war nach oben gereckt und ich konnte ihre Fingerspitzen sehen, die ihren Tanga zur Seite hielten, damit sie mir ihre Pussy zeigen konnte, ganz geschwollen und feucht. Fuck, war das unser Sperma, das *noch immer* aus ihr tropfte? Wir hatten sie mit genügend abgefüllt. Nicht einmal, nicht zweimal, sondern fuck...ich hatte aufgehört zu zählen. Jeder von uns hatte sich ihr in der Nacht zugewandt, sie wieder und wieder genommen. Und wieder bevor sie heute Morgen gegangen war.

Ich machte einen Schritt zurück, stopfte das Handy in meine Jeanstasche. „Nö, alles gut", knurrte ich förmlich.

Ja, ich bezweifelte, dass ihm entgangen war, dass mein Schwanz hart geworden war und das nicht wegen der Nudelauswahl vor uns.

„Willkommen im Club", sagte Duke.

Ich hob eine Augenbraue. „Club?"

Er schlug mir auf die Schulter, begann wegzulaufen. „Den muschihörigen Duke Jungs. Denk dran, Abendessen ist um sieben."

Apropos Muschis…ich musste noch zu einer. Und ihr den Hintern versohlen.

6

UCKER

„Ja, Mr. Simms, diese Vogelfuttersorte enthält schwarze Sonnenblumenkörner."

Ich hörte ihre Stimme, als ich eintrat. Beim Erklingen der Glocke über der Tür sah sie von ihrer Stelle hinter dem Tresen auf. Sie errötete und räusperte sich und drehte den Beutel, der vor ihr auf dem Tresen lag, um. Gut, sie war ganz wuschig. Nun ich war das verdammt nochmal auch.

Es gab keinen Hinweis drauf, dass sie ein braves Mädchen gewesen war und die ganze Nacht lang zwei Schwänze beschäftigt hatte. Ihre Haare waren zu einem glatten Pferdeschwanz nach hinten gebunden, wodurch ihr hübsches Gesicht betont wurde. Obwohl ich mich auf der anderen Seite des Raumes befand, konnte ich den roten Lippenstift sehen. Das weckte Gedanken daran, wie dies Lippen weit gedehnt aussehen würden, während sie versuchte, meine Eichel aufzunehmen. Die knallige Farbe passte zu dem Oberteil, das sie unter einer Jeansjacke trug. Ich konnte ihre untere Hälfte hinter dem Tresen nicht sehen, aber wegen dem Pornofoto, das sie geschickt hatte, wusste ich, dass sie einen Rock trug und darunter einen pinken Tanga. Nicht mehr lange.

„Es steht hier ziemlich klein und ist schwer zu lesen", fuhr sie fort. „In der Zutatenliste steht, dass zwölf Prozent schwarze Sonnenblumenkörner sind."

Ich ging zur Kaffeestation und ließ einen Becher durchlaufen. Ich war nicht durstig, aber ich brauchte etwas, mit dem ich meine Hände beschäftigen konnte, damit ich nicht um den Tresen lief, ihren Rock hochzog und ihr den Arsch versohlte, weil sie mir etwas so Freizügiges geschickt hatte. Es war eine Sache, es persönlich zu *sehen*, eine andere es in irgendeiner Technologie-Cloud schweben zu haben, wo es gegen sie verwendet werden könnte. Andererseits war es auch nicht so, als würde irgendjemand wissen, dass es sich um Avas Pussy handelte, aber mir war der kleine Leberfleck auf ihrer linken Pobacke, mit dem ich sehr vertraut war, nicht entgangen.

„Versuchen Sie es mit diesem kleinen Beutel und wenn es die Vögel nicht mögen, bringen Sie ihn zurück und ich werde ihn umtauschen. Auf meine Kosten."

Ich kannte Mr. Simms. Er saß mit meiner Mutter im Stadtrat. Früher hatte er für die Eisenbahn gearbeitet, aber er war vor mindestens einem Jahrzehnt in Rente gegangen. Er hatte uns einmal Trillerpfeifen vom Zug zu Weihnachten mitgebracht. Während wir sie geliebt, wochenlang mit uns herumgetragen und Zuggeräusche gemacht hatten, hatte ich das Gefühl gehabt, dass meine Mutter sie nicht ganz so begeisternd gefunden hatte wie wir vier.

Ava wickelte den Kauf fertig ab und Mr. Simms lief vorbei. Ich sagte Hallo und bot ihm an, den Samenbeutel zu seinem Auto zu tragen, aber er lehnte ab. Der Beutel war klein, vielleicht fünf Kilo, daher bestand ich nicht darauf.

Sie betrieb Smalltalk, während sie einen weiteren Kauf für einen Mann abwickelte, der geduldig gewartet hatte, bis Mr. Simms die Vogelfutter Debatte beendet hatte. Er bezahlte bar, also war alles schnell abgehandelt. Er nickte mir auf dem Weg nach draußen zum Gruß zu, aber ich achtete nicht groß auf ihn. Meine Aufmerksamkeit galt allein Ava.

Als die Glocke über dem Eingang klingelte, wusste ich, dass wir allein waren. Zum Glück und endlich. Ich glaubte nicht, dass mein Schwanz noch warten könnte, bis sich Ava um weitere Kunden gekümmert hatte. Sie blieb hinter dem Tresen und durch die Art, wie sie auf ihre Unterlippe biss, zeigte sie mir eine Seite von sich, die ich bisher selten gesehen hatte. Sie war unsicher, fragte sich wahrscheinlich, ob sie das Richtige getan hatte, indem sie mir das Foto geschickt hatte.

Oh zur Hölle, ja, sie hatte das Richtige getan. Sie vertraute mir genug, um so etwas Unartiges zu tun. Ich hatte nicht einmal daran gedacht, nachzuschauen, ob das Foto auch an Colton geschickt worden war, aber ich nahm es an.

„Tigerin", sagte ich, als ich mich näherte. Ich hielt nicht auf der Kundenseite des Tresens an, sondern lief darum herum, sodass ich direkt neben ihr stand. Ich legte eine Hand in ihren Nacken und küsste sie.

Ja, danach hatte ich mich gesehnt. Ihr Mund auf meinem, ihr Geschmack auf meiner Zunge. Einfach...sie.

Das war mein Hirn – und mein Herz – das redete. Mein Schwanz, nun, er hatte jetzt das Kommando.

Also ich schließlich meinen Kopf hob, war ihr Lippenstift leicht verschmiert und ihre Wangen rosig. Ja, das war ein Anfang.

„Du bist nicht sauer?", wollte sie wissen.

„Worüber, dass du ein unartiges Mädchen warst und mir ein versautes Foto geschickt hast?" Ich betrachtete jeden Zentimeter ihres Körpers. Ihr rotes Top war kein Top, wie ich gedacht hatte, sondern ein Kleid, das kurz über dem Knie endete. Anstatt hoher Absatzschuhe trug sie heute ein Paar schwarzer Cowboystiefel. „Zum Teufel, nein."

Und das war die Wahrheit. Sie vertraute uns so sehr, dass sie es in Erwägung gezogen hatte, so ein Foto zu machen und uns zu schicken. Das mochte ihr nicht bewusst gewesen sein, als sie es getan hatte, aber für mich war es offensichtlich. Ich bezweifelte, dass sie jedem dahergelaufenen Trottel Fotos schicken würde. Die Tatsache, dass sie eine innere Schlampe hatte, die wollte, dass ich und Colton wussten, wie schmutzig sie es gerne hatte…nun, das war rattenscharf. Wenn sie das wollte, ihren Männern ohne Worte mitteilen, dass sie unsere Schwänze brauchte – und dieses Foto schrie geradezu, dass sie unglaublich geil war – dann würde ich ihr das geben. Jedes. Bisschen. Kink.

Ich erwischte den Saum ihres Kleides und hob ihn zu ihrer Taille, sodass ihr Hintern entblößt war. Dort war dieser pinke Tanga, den ich auf meinem Handydisplay gesehen hatte. Meine Hand landete mit einem brennenden Klaps auf ihrer rechten Pobacke.

Sie keuchte, ging auf ihre Zehenspitzen und funkelte mich aus schmalen Augen an. „Wofür war das?"

„Das war dafür, dass du es mir geschickt hast, während ich im Einkaufsladen war."

„Das ist nicht meine Schuld!"

Mit meiner freien Hand hob ich ihr Kinn an. Sie protestierte zwar, aber ich zweifelte nicht daran, dass sie gerade noch feuchter geworden war. „Warst du diejenige, die ihr tierisch aufreizendes Kleid hochgehoben, den winzigen Fetzen eines Höschens zur Seite gezogen und ein Foto ihrer gut gefickten Pussy gemacht hat?"

Sie errötete, ihre Augen senkten sich. Ah, sie mochte äußerst kess sein, aber sie war auch unterwürfig. Zumindest bei mir und Colton. Ich hatte nicht vor, ihr das zu sagen, denn meine kleine Tigerin würde es sicher abstreiten und versuchen, mir die Augen auszukratzen.

„Ja."

Ich verpasste ihr noch einen Hieb, ein zweiter rosa Handabdruck entstand sofort auf ihrer hellen Haut.

„Wofür war der?"

Ich sank auf meine Knie, hielt aber nach wie vor ihr Kleid hoch. Ich befand mich direkt hinter ihr und sie blickte zum Tresen, hinaus in den Laden. „Dafür, dass du ein Höschen trägst."

Meine Finger hakten sich in das winzige Gummiband, das um ihre Taille führte, und zogen das pinke Teilchen ihre Beine hinab, wobei ich es vorsichtig über ihre Stiefel zog.

Ich konnte den dunkleren Fleck im Schritt sehen, konnte spüren, wie feucht es war.

Mein Schwanz presste sich unangenehm gegen meine Jeans – er würde mit Sicherheit einen Abdruck vom Reißverschluss haben.

Ich steckte den Spitzenfetzen in meine Hemdtasche.

Ava blickte über ihre Schulter zu mir.

„Ich will, dass mir nichts im Weg steht, wenn ich dein Kleid hochheben, dich vornüberbeugen und ficken möchte."

„Das würdest du nicht", entgegnete sie. Sie schaute zum Eingang, dann zurück.

Wir waren hinter dem Tresen, der so hoch war, dass er mich – oder das, was ich tat – vor jedem, der hereinkam, verbarg. Ich hatte die Glocke nicht gehört, also waren wir noch allein. Das bedeutete aber nicht, dass nicht jederzeit jemand durch die Tür laufen könnte.

Ich grinste verschmitzt.

„Das würde ich." Fuck, ja, das würde ich. Aber nur wenn Ava auch auf die Möglichkeit, ertappt zu werden, stand. Wenn sie das nicht anmachte, dann würde ich auf keinen verdammten Fall mein Mädchen mit jemand anderem als Colton teilen.

Es war an der Zeit, herauszufinden, wie weit ich in dieser Sache gehen, wie feucht ich sie machen konnte.

Es stand außerfrage, dass sie nach wie vor mit unserem Sperma gefüllt war. Wir hatten ihr im Verlauf der Nacht zu viel gegeben, als dass es nicht den ganzen Tag aus ihr tropfen und sie daran erinnern würde, wem dieses enge, heiße, perfekte Loch gehörte.

Ich verpasste ihr noch einen spielerischen Klaps. Hart genug, um ein leichtes Brennen zu erzeugen, aber so sacht, dass sie wusste, dass ich nur spielte.

„Jetzt behalte den Eingang im Aug, während ich spiele."

Sie versteifte sich. „Spielen?"

Ich zog den Plug heraus, den ich besorgt hatte, nachdem ich Duke im Einkaufsladen zurückgelassen hatte. Auch wenn Raines keine Metropole war, gab es einen kleinen Erotikshop. Ich hielt den Plug für sie hoch. „Deinem Foto hat etwas gefehlt. Du magst doch etwas Schmuck, oder nicht?"

Ich hielt den glänzenden Metalplug mit dem edelsteinbesetzten Ende hoch. Die pinken Steine glitzerten im Sonnenlicht, das durch die Fenster fiel.

Sie starrte den Plug mit einer Mischung aus Aufregung und Besorgnis an.

„Sei ein braves Mädchen und stell deinen Fuß hier

hoch." Ich tätschelte das Holzregal unter dem Tresen, in dem sie Reserve-Thermorollen, Stifte und Kugelschreiber und andere Büromaterialien aufbewahrte. Als sie tat wie angewiesen, liebkoste ich ihren Hintern, spürte die Hitze meiner Handabdrücke. „Braves Mädchen. Stell die Beine weiter auseinander, ja, noch ein bisschen weiter. Perfekt. Jetzt bist du schön offen."

In dieser Position konnte ich alles sehen, jeden rosa Zentimeter. Sie war vollständig entblößt. Nichts war mehr versteckt.

„Gib mir dein Handy, Tigerin." Sie beugte sich nach vorne, hob es vom Tresen und reichte es mir. „Halt dein Kleid hoch."

Ich machte ein Foto von ihr in dieser Stellung. Offen. Nackt. Ihre unteren Lippen waren geöffnet, ihre Klit hart und sie ragte hervor, als würde sie darum betteln angefasst zu werden. Beide Löcher waren freigelegt und leer.

„Wunderschön", murmelte ich.

„Tucker", hauchte sie und schaute zu mir hinab. Ihre Wangen waren rot vor Scham, aber sie stoppte mich nicht. Wenn sie das hier nicht wollte, würde ich sie küssen, ihr Höschen behalten und warten, bis der Laden schloss. Dann würde ich sie im Hinterzimmer ficken, schnell und schmutzig. Vielleicht würde ich das trotzdem noch tun, aber ich wollte jede ihrer Fantasien erfüllen, welche scheinbar Exhibitionismus beinhalteten oder zumindest den Nervenkitzel möglicherweise erwischt zu werden.

Ich legte das Handy auf den Boden.

Der Plug musste schön feucht sein, um in ihr jungfräuliches Loch zu passen. Ich hatte kein Gleitgel dabei, aber ich brauchte es nicht, zumindest nicht dieses Mal. Oh, wenn es an der Zeit war, dass mein Schwanz ihren Hintern entjungferte, würde ich zuerst tonnenweise Gleitgel auf und in sie schmieren, meinen Schwanz damit einreiben, bis er glänzte. Ich würde ihr nicht wehtun. Jemals.

Sie war feucht, so feucht, dass eine Mischung aus ihrer Erregung und Coltons und meinem Sperma jeden Zentimeter von ihr bedeckte. Das juwelenbesetzte Ende haltend, führte ich den Plug durch ihre Feuchtigkeit, schob das gerundete Ende in ihre Pussy, zog es heraus, fickte sie damit. Als sich ihre Hüften in Bewegung setzten, stoppte ich. Sie wimmerte.

„Du willst den kleinen Plug nicht in deiner Pussy haben. Du willst meinen Schwanz, oder, Tigerin? Meinen Monsterschwanz. Coltons."

„Ja", hauchte sie. „Aber Tucker, jemand könnte reinkommen."

„Du hast recht. Aber keine Sorge, man wird mich hier hinten nicht sehen, während ich mit dem, was mir gehört, spiele." Während ich den glitschigen Plug an ihren Hintereingang führte und anfing, ihn in sie zu drücken, redete ich weiter. Machte sie heißer und feuchter, ließ sie vergessen, dass sie dort zum ersten Mal gefüllt wurde. Fuck sei Dank für die Glocke über der Eingangstür. Ich würde sofort wissen, wenn wir Gesellschaft bekamen. „Keiner wird wissen, dass du keine Unterhose trägst, dass du mit dem Sperma deiner Männer versaut bist, dass ein pinker Edelstein deinen jungfräulichen Arsch verschönert."

„Tucker", stöhnte sie. Ja, das hier turnte sie total an. Sie mochte zwar eine kleine Tigerin sein, die gerne klarstellte, dass sie die Kontrolle haben wollte, aber jetzt? Zur Hölle nein. Meine süße Ava bot das Bild einer perfekten Unterwürfigen.

„Schh."

Als der Plug saß, schaute ich ihn an. Nicht zu groß, genau richtig, um sie zu öffnen. Um sie daran zu gewöhnen, gefüllt zu sein. Denn wenn sie erst einmal vorbereitet war, würden wir sie dort nehmen. Einer von uns in ihrer Pussy, der andere in ihrem Arsch. Doppelte Penetration.

„Jetzt lass uns noch ein Foto mit deinem neuen Schmuck machen, das wir Colton schicken können."

Ich erhob mich, machte einen Schritt zurück, damit die Kamera das ganze Bild von ihr so obszön – und perfekt – zur Schau gestellt in ihrem Laden einfangen konnte.

Sie griff nach hinten, ertastete den kegelförmigen Edelstein, dann wand sie sich.

„Gefällt dir das?", fragte ich. Ihr Körper war entspannt, ihre Augen Lust verschleiert, ihre Finger eher neugierig als daran interessiert, den Plug rauszuziehen. Es gefiel ihr. Sie musste nicht antworten, aber sie nickte mit dem Kopf.

Für das, was ich mit ihr tun wollte, fiel ich wieder hinter ihr auf die Knie. Ich glitt mit dem Finger durch ihre Spalte, sammelte all ihre Säfte. „Ja, das tut es."

Ich schoss noch ein Foto, dieses Mal aus der Nähe mit dem zusätzlichen Schmuck. Im Anschluss drang ich mühelos mit einem Finger in ihre enge Pussy ein und machte noch ein Foto.

Während mein Finger noch tief in ihrer feuchten Hitze steckte, reichte ich ihr das Handy. „Schick die an Colton, Tigerin."

Während ich sie fingerte und dabei den harten Plug spürte, tat sie wie geheißen. „Tucker, bitte, ich muss kommen."

„Ich weiß." Ich glitt aus ihr und sie stieß ihre Hüften zurück, wollte mehr. „Streck deinen Arsch raus und ich werde mich um dich kümmern."

Sie senkte sich auf dem Tresen auf die Unterarme, wodurch ihr Arsch zu mir gestreckt wurde und mir der

Edelstein entgegen funkelte. „Behalt die Tür im Blick und gib mir Bescheid, wenn jemand reinkommt."

Ich schlang meine Hand um ihren Schenkel, beugte mich nach vorne und leckte sie. Leckte all ihre Säfte auf, schmeckte, wie süß sie war gemischt mit der Würze unseres Spermas. Noch mehr Sperma tropfte aus meinem Schwanz, der erpicht darauf war, die Ladung, die wir in sie gespritzt hatten, zu vergrößern. Aber hierbei ging es um Ava. Mein Schwanz konnte warten.

Es dauerte nicht lang, nicht nachdem ich mit meiner Zunge über ihre Klit zwirbelte, zwei Finger in ihre Pussy schob und ihren G-Punkt fand. Zu diesem Zeitpunkt fickte sie praktisch mein Gesicht. Aber erst als ich an dem neuen Plug zog und drückte, wurde sie über die Klippe gestoßen. Es erklang kein Schrei, nicht wie in der vergangenen Nacht, als wir sie zum Höhepunkt gebracht hatten. Das hier war ein leises Stöhnen, als ob sie auf ihre Lippe beißen und den Laut dämpfen würde. Ich konnte ihr Gesicht nicht sehen, da ich zu beschäftigt damit war, meines mit ihrer klebrigen Erregung zu überziehen. Sie war überall auf meinem Mund und Kinn.

Ich stand auf und verspürte einen schelmischen Anflug von männlichem Stolz, als ich sie betrachtete. Sie bemerkte nicht einmal, dass ihre Finger nach wie vor den Saum ihres Kleides hochhielten, dass ihr Hintern mit meinen verblassenden Handabdrücken und dem funkelnden Edelstein nach oben gereckt war. Ihr Kopf hing zwischen ihren Armen, während sie um Atem rang. Ich half ihr aufzustehen und drehte sie zu mir. Sie befand sich noch in ihrem postorgasmischen Nebel, weshalb ich mühelos meine benetzten Finger an ihren Lippen vorbeischieben konnte.

„Schmeck uns. So ist's gut", sagte ich, als ihre Zunge anfing zu wirbeln und zu lecken. Ihr Blick hob sich, begegnete meinem. „Leck all den Pussysaft und Sperma von meinen Fingern. So ein unartiges, unartiges Mädchen."

Nachdem ich meine Finger weggezogen hatte, lehnte ich eine Hüfte an den Tresen und wischte mir mit dem Handrücken über den Mund.

„Ich muss zurück zur Ranch – "

„Was ist mit dir?", fragte sie und blickte hinab auf die Stelle, wo mein Schwanz die Jeans eng werden ließ.

„Ich werde später in dich stoßen, keine Sorge. Lass den hübschen Plug drin, bis Colton herkommt, hast du verstanden?"

„Du denkst, er wird kommen?", wollte sie wissen und leckte über ihre Lippen.

Ich grinste. Er hatte mir innerhalb von fünf Minuten nach Erhalt der sexy SMS getextet und mich informiert, dass er auf dem Weg in die Stadt war, um ihr den Hintern zu versohlen und sie anschließend zu vögeln. Oder sie zu spanken, während er sie vögelte. Ich war mir nicht ganz sicher, was zutraf. Er würde nicht mehr lang brauchen, da war ich mir sicher. Es war an der Zeit, dass er ein wenig Spaß mit unserem Mädel hatte. „Oh, er wird kommen. Tief in deiner Pussy. Und ich bezweifle nicht, dass er den Plug drin lassen wird, während er das tut."

7

va

„Du hast was?", fragte Kaitlyn, deren Augen hinter der Brille ganz groß geworden waren.

Wir befanden uns in der Küche des Hauses, das sie sich mit Duke und Jed teilte. Der Duft von Lasagne und Knoblauchbrot machte mich hungrig.

Ich biss auf meine Unterlippe. Sie hatte mich gehört. Ich musste es nicht wiederholen. Selbst jetzt errötete ich noch darüber, wie dreist ich gewesen war. Es war ja nicht so, als hätte ich so was jemals zuvor getan. Vielleicht hätte ich mit einem Foto meines Dekolletés oder vielleicht nur meinem Busen anfangen sollen. Aber nein. Ich hatte den ganzen Morgen ihr Sperma aus mir tropfen gespürt, während ich gearbeitet hatte, und meine Gedanken waren ständig zu ihnen gewandert. Zu dem, was wir letzte Nacht getan hatten.

Sie hatten mich so scharf und geil und begierig nach

ihnen gemacht, dass ich dachte, es wäre nur fair, den Gefallen zu erwidern. Ich hatte sie reizen, ihnen einheizen wollen, wie sie es mit mir gemacht hatten. Also hatte ich ein gewagtes Foto gemacht. Es verschickt.

Ich lief zu der Granitkücheninsel und spähte in den anderen Raum, wo die Männer auf den Sofas vor einem der ersten Footballspiele der Saison saßen. Sie hatten Biere, lümmelten in den Sofas und waren zufrieden, bis es Zeit zum Essen war.

Wir waren nicht die braven Frauchen, die in die Küche verbannt worden waren. Nein, Kaitlyn hatte auf Jeds Schoß gesessen, aber ich hatte sie aus dem Zimmer gezerrt unter dem Vorwand, nach der Lasagne zu schauen.

Jetzt packte sie mein Handgelenk und schleifte mich den Flur hinab ins Bad. Sie schloss die Tür, lehnte sich dagegen, sodass ich keinen Fluchtweg hatte.

Sie krümmte ihre Finger in einer '*Her damit*'-Geste.

„Was?"

Sie hob eine dunkle Braue.

„Du willst es sehen?" Mir schoss die Röte heiß ins Gesicht. „Auf keinen Fall! Es ist ein Foto von meiner...von meiner, ähm...von da unten."

Sie sank in sich zusammen, schmollte. „Oh ja. Nein, ich schätze, ich will es nicht sehen. Aber, Gott, Ava. Das ist... wow. Ich wette, die beiden fanden das heiß."

Ich grinste. Kaitlyn musste nicht *alles* wissen. Ich hatte nicht vor, ihr zu erzählen, was Tucker mit mir gemacht hatte. Mein Hintern zog sich um den Plug zusammen, der nach wie vor dort steckte. Ich hatte kaum noch an Arbeit denken können, nachdem Tucker gegangen war. Ich hatte noch nie zuvor so eine gewagte, wilde sexuelle Begegnung gehabt. Ich hatte einen Bleistift im Kreis gedreht und mit Büroklammern gespielt, während ich Tagträumen nachgehangen hatte. Alles nochmal geistig durchlebt hatte. Mir vorgestellt hatte, was er sich als nächstes ausdenken würde. Und das war gewesen, bevor Colton durch die Tür geplatzt war, sein Schwanz wie ein dickes Rohr an seinem Schenkel. Er hatte das Geschlossen-Schild aufgehängt, die Tür abgeschlossen und mich ins Hinterzimmer gezerrt, weil er das Foto, das ich anfänglich geschickt hatte, gesehen hatte und dann die, die Tucker gemacht hatte. Er hatte mich von hinten gevögelt, genau wie es Tucker prophezeit hatte, damit er dabei den edelsteinbesetzten Plug sehen konnte.

„Das haben sie. Und ich habe das Gefühl, dass sie noch nicht fertig sind mit mir."

„Ich glaube nicht, dass ich mutig genug wäre, zu tun, was du getan hast."

„Du schläfst mit zwei Männern, Süße. Du bist nicht verklemmt."

Sie lachte, schob die Brille ihre Nase hoch. „Ich weiß, aber was du gemacht hast, ist einfach soooo..."

„Nuttig?", flüsterte ich. Ich brauchte die Perspektive einer Freundin auf das, was mit Colton und Tucker vor sich ging, und sie war diejenige, die mich nicht dafür verurteilen würde, dass ich mit zwei Männern zusammen war. Die es am besten verstehen würde. Die wahrscheinlich wusste, wie es war, den Großteil des Tages ohne Höschen und mit einem Plug im Hintern rumzulaufen.

Sie schüttelte ihre dunklen Haare aus, die lang über ihren Rücken hingen. Früher hatte sie sie zu einem glatten, festen Knoten frisiert, aber anscheinend mochten es ihre Männer offen und daher hielt sie es so, um ihnen eine Freude zu machen. Ich fand es süß. „Nein, nicht nuttig. Heiße und sexy Sachen zwischen einvernehmlichen Erwachsenen – egal ob es zwei oder drei sind – sind *nicht* nuttig. Wenn es das ist, was euch dreien gefällt, dann mach es. Die Dinge, die ich mit Jed und Duke mache, beweisen, dass ich nicht prüde bin."

Ich grinste, denn ich hatte eine ziemlich gute Vorstellung davon, was die drei so trieben. „Weiter so, Schwester."

Wir stießen unsere Fäuste aneinander.

„Ich wollte wild sagen", fügte sie hinzu.

„Ja, das bin ich, die Wilde", grummelte ich.

Mein Handy klingelte und ich zog es aus meiner Tasche, blickte auf das Display, dann stöhnte ich.

„Wer ist dran?"

„Bestimmt mein Dad." Ich wischte über den Bildschirm, um den Anruf zu ignorieren. „Ich hab sein Handy blockiert, also greift er jetzt auf andere Nummern zurück. Es ist die richtige Vorwahl, also tippe ich auf sein Büro."

„Ich hole besser die Lasagne aus dem Ofen, bevor sie trocken wird."

Ich folgte ihr zurück durch den Flur.

„Er ruft dich also immer noch an?", fragte sie und blickte über ihre Schulter zu mir.

„Wer ruft dich immer noch an?", wollte Colton wissen und sah mich finster an, als ich in die Küche trat.

Duke hatten Ofenhandschuhe an den Händen und zog die Lasagneform aus dem Ofen. Jed schnitt gerade Knoblauchbrot auf dem Schneidebrett. Tucker lief um den Tisch und verteilte das Besteck. Alle unterbrachen ihre Tätigkeiten, sogar Duke mit der heißen Form in seinen Händen.

„Niemand", antwortete ich, nahm die Salatschüssel und trug sie zum Esstisch.

„Wenn dich ein alter Freund noch anruft, will ich das wissen. Er muss wissen, dass du vergeben bist", entgegnete Colton.

„Vom Markt", ergänzte Tucker. „Zum Teufel, ein Blick auf dich und er wird wissen, dass du Männer in deinem Leben hast, die wissen, wie man sich um dich kümmert."

Mir stieg die Hitze ins Gesicht. War es offensichtlich, dass ich einen edelsteinbesetzten Plug in meinem Hintern hatte? *Sah* ich gut gefickt aus? Ich spürte es, klar, aber ich wollte nicht unbedingt, jedermann unter die Nase reiben, dass ich heißen, kinky Sex hatte.

„Es ist kein alter Freund", erwiderte ich. Sie waren eifersüchtig und das fühlte sich seltsam gut an.

„Wer dann?"

Ich seufzte, weil ich nicht wirklich über meinen Dad reden wollte. „Mein Vater."

Beide Männer entspannten sich, die angespannten Züge verschwanden. „Tigerin, ist das nicht etwas Gutes?"

Duke trug die Lasagne zum Tisch, stellte sie auf einen Untersetzer. „Zeit zum Essen, solange es noch heiß ist", rief er.

Wir nahmen unsere Teller und mein Vater war vergessen. Für ganze zwei Minuten. Meine Gedanken hatten sich mit dem Druck des Plugs beschäftigt, als ich mich auf den harten Stuhl gesetzt hatte, aber Colton...

„Was ist mit deinem Vater, Süße?", fragte Colton und legte seine Hand auf meine.

Ich seufzte. Sie würden das Thema nicht ruhen lassen, genauso wie alles andere, schätzte ich. Dass sie Teil meines Lebens waren, bedeutete, dass sie *Teil* meines Lebens waren. Daran war ich nicht gewöhnt.

„Mein Vater ist herrisch wie ihr", begann ich. „Hat so ziemlich mein Leben kontrolliert."

„Willst du damit sagen, dass wir kontrollierend sind?", erkundigte sich Tucker, dessen Stirn sich in tiefe Falten legte.

Niemand aß, sondern wartete auf meine Antwort.

„Ihr seid herrisch", wiederholte ich. „Alle Männer in dieser Stadt sind das."

Kaitlyn lachte. „Sie hat recht."

„Dir gefällt es, wenn wir herrisch sind", entgegnete Jed, nahm Kaitlyns Hand und küsste ihre Knöchel.

Tucker und Colton warteten schweigend auf meine Antwort.

„Ihr seid herrisch. Aber...aber ich mag das. Zumindest die meiste Zeit." Ich dachte an sie im Bett – und außerhalb – dass sie mich nahmen, wie sie wollten, mich sogar ein paar Mal unter sich fixiert hatten. Sie wussten, dass ich es so mochte, weil ich mich dann fallen lassen und mich dem hingeben konnte, was auch immer sie mit mir machten. Und ich unterwarf mich ihnen ohne Weiteres, weil sie nur mein Vergnügen im Sinn hatten.

Colton grinste. „Und wenn es dir nicht gefällt, dann verkündest du das lautstark."

„Ja, deine kleinen Tigerkrallen fahren aus", fügte Tucker hinzu.

„Und es gibt einen Unterschied zwischen herrisch und kontrollierend. Mein Vater denkt an niemand anderen als sich. Meine Mutter ist eine Marionette für ihn und er nahm an, dass ich genauso wie sie werden würde. Wie ich bereits sagte, kontrollierend."

„Marionette? Du?", fragte Colton grinsend. Er neckte mich und es war offenkundig.

Ich lächelte bei seinem spielerischen Tonfall. „Ich musste Klavier spielen, Ballettunterricht nehmen. Er wählte die Privatschulen aus, auf die ich ging, sogar meinen Studiengang im College. Meine Freunde, meine Aktivitäten. Mein Terminkalender war immer gefüllt mit *bereichernden* Aktivitäten. Die einzige Zeit, in der ich als Kind wirklich frei war, waren die Sommer, in denen ich zur Ranch geschickt wurde, damit ich ihnen nicht zur Last fiel."

„Ava hier ist ein richtiges Cowgirl", verkündete Tucker. Ich konnte die Zufriedenheit in seiner Stimme hören. „Irgendwann müssen wir mal unser eigenes kleines Duke Rodeo abhalten."

Colton erzählte Duke, Jed und Kaitlyn von meinen Lasso-Künsten, dass ich ein totaler Pro war.

Jed pfiff leise.

„Hast du nicht gesagt, dass dein Dad seine Ranch verkauft hat?", fragte Tucker.

Ich schaute auf meinen Teller. Nickte.

„Anstatt ein Sommer-Praktikum in seiner Firma zu machen, als ich meinen MBA machte, beschloss ich, zur Ranch zu gehen. Um den Sommer über zu entspannen. Zum Teufel, um ein paar Stiere mit dem Lasso zu fangen. Seine Methode dieser Art von Verhalten den Riegel vorzuschieben – es war okay gewesen, als ich zehn war, aber nicht mit zweiundzwanzig – und mich in das Familienunternehmen zu zwingen, war, sie zu verkaufen."

„Familienunternehmen?", fragte Colton.

„Ja. Die Carter Financial Group." Ich stach meine Gabel in die Lasagne auf meinem Teller, während alle anderen schwiegen. Ich erzählte nicht herum, dass ich reich war. Im Sinne von Midas reich. Ich war der Meinung, dass Geld kein Glück kaufen konnte und ich hatte es hinter mir gelassen, um genau das zu finden. Und das hatte ich in Raines. Einen einfachen Landwirtschaftsladen. Ein einfaches Leben. Und jetzt zwei Männer.

Die Duke Ranch war riesig und erfolgreich. Grund und Boden allein waren bereits ziemlich wertvoll. Die Familie war nicht arm. Allein die Mineral- und Ölreserven, die sich auf ihrem Land befinden mussten, bedeuteten, dass keiner der Duke-Familie arbeiten müsste. Was Colton betraf, so kannte ich die Größe seines Bankkontos nicht. Es war mir egal. Ich wollte einfach nur ihn.

„Gott, Kaitlyn", sagte ich, um das Schweigen zu füllen. „Dieses Gespräch ist deprimierend und ruiniert deine leckere Lasagne."

„Deiner Familie gehört die Carter Financial Group?", fragte Tucker, der nicht auf meinen Themenwechsel einging. „Das ist kein *Familien*unternehmen, das war letzte Woche in...der *New York Times*."

Er war eindeutig gut informiert.

„Ja, eins, das ich nicht leiten möchte, wenn mein Vater in Rente geht oder auch nur mitleiten möchte", fügte ich hinzu, wobei ich verschwieg, dass er gewollt hatte, dass ich es zusammen mit Perry leitete. Seite an Seite im Geschäftsleben und im Eheleben auch. Ich hegte jedoch den Verdacht, dass ich nur dem Namen nach ein Co-CEO wäre, sobald ich ein Kind rausgepresst hätte. „Kannst du mir das Knoblauchbrot reichen?"

Kaitlyn reichte mir die Platte und ich nahm mir ein köstlich fettiges Stück.

Tucker und Colton starrten mich weiterhin an. Ich seufzte. „Ich hab euch meine Familie nicht *absichtlich* verschwiegen, aber ich wollte es auch nicht unbedingt ansprechen. Wir verstehen uns nicht, gelinde ausgedrückt. Ich hatte es satt, dass mir gesagt wurde, was ich tun soll, und ich wollte raus. Sie drohten, mir den Geldhahn zuzudrehen, wenn ich nicht spurte. Ich ging, kaufte einen kleinen Laden in Montana. Sie drehten, wie angedroht, den Geldhahn zu. Es ist nicht kompliziert. Die Carters sind *überhaupt* nicht wie die Dukes. Gott, eure Eltern sind so cool." Ich trank einen Schluck von meinem Eistee. „Eine Carter zu sein, definiert mich nicht."

„Natürlich tut es das", entgegnete Tucker.

Daraufhin verzog ich empört das Gesicht.

Er streichelte mit einer Hand über mein Gesicht, als er es bemerkte. „Ruhig, Tigerin. Lass mich ausreden. Deine Familie, die riesige Ölfirma, all das *definiert* dich. Wenn es so schlimm ist, wie du sagst, zeigt dir das, was du *nicht* willst. Wie du nicht sein willst. Es macht dir bewusst, was wirklich wichtig ist."

„Tuckers und Dukes Leben wurden von dem geformt, was mein Dad getan hat. Meines ebenfalls." Kaitlyn trank einen Schluck von ihrem Eistee. „Aber wir erlauben weder ihm noch dem, was passiert ist, uns weiter zu beeinflussen."

„Das stimmt", bestätigte Duke und beugte sich zu Kaitlyn, die neben ihm saß, um sie zu küssen.

„Wir wollen alles über dich wissen", sagte Colton, nahm meine Hand und legte sie unter dem Tisch auf seinen Schenkel. Sein Griff war sanft, aber sein Schenkel hart, muskulös. Das rief mir in Erinnerung, dass er über viele Eigenschaften verfügte. Sanft und zärtlich, dennoch stark genug, um auch mit meinen schwersten Bürden klarzukommen. „Gute Dinge. Schlechte Dinge. Alles."

Ich nickte, blinzelte Tränen der Überraschung weg. Sicher, sie hatten den vergangenen Monat über versucht, mich ins Bett zu kriegen. Sie waren scharf auf mich gewesen. Aber mir war die Tatsache entgangen, dass sie wirklich an so viel mehr interessiert waren. Sie hatten das gesagt. Hatten mich damit praktisch wie mit einem großen Cartoon-Amboss auf den Kopf gehauen. Aber jetzt? Verstand ich es.

Das hier war etwas Dauerhaftes für sie.

Und so wie sich mein Herz öffnete, war es das auch für mich.

8

„GEH DRAN", sagte ich zu Ava.

Ihr Handy klingelte wieder auf dem Nachttisch.

Ich hatte meinen Kopf auf meinen Ellbogen gestützt und meine Hand ruhte auf Avas Hüfte, die nackt zwischen uns lag. Seit dem Abendessen mit Kaitlyn und ihren Männern waren zwei Tage vergangen. Zwei Tage, seit wir erfahren hatte, dass Ava eine Milliardärin war. Nun, sie war eine gewesen, bis sie alles aufgegeben hatte. Jeden Penny. Ihr Leben musste hundsmiserabel gewesen sein, dass sie so viel Kohle einfach den Rücken gekehrt hatte.

Ich war in keine Bilderbuchfamilie geboren worden, wie es die Dukes waren. Es stand außerfrage, dass Mr. und Mrs. Duke ihre Kinder liebten. Sie würden alles für sie tun. Und die vier Duke Kinder im Gegenzug ebenfalls. Sie hatten alle ihren Teil dazu beigetragen, die Ranch am Laufen zu halten, als Mr. und Mrs. Duke in diesen schrecklichen Unfall verwickelt worden waren. Als Tucker vom College nach Hause gekommen war, hatte er die Ranch übernommen und seine Eltern waren in Rente gegangen. Sie aßen jede Woche einmal gemeinsam zu Abend. Einschließlich mir, Jed und jetzt sogar Kaitlyn und Ava, die nun auch Teil der Familie waren.

Ich war ganz okay aufgewachsen. Ein Dach über meinem Kopf, Essen auf dem Tisch. Ich war nicht vernachlässigt worden, aber ich erinnerte mich auch an kein *Ich hab dich lieb*. Keine Umarmungen, einfach nur... Leben. Mein Dad arbeitete in der Firma außerhalb Billings, meine Mom in einem Diner am Highway. Sie hatten zwanzig Jahre lang die gleichen Jobs. Ich besuchte sie mehrmals im Jahr, aber ich wohnte in einem Hotel, da mein Zimmer schon vor einigen Jahren an einen Untermieter für zusätzliches Geld vermietet worden war.

Ich war nicht arm gewesen, aber ich hätte mir auch kein Flugzeug kaufen können. Zweifellos waren Ava mehrere zur Verfügung gestanden. Dennoch waren wir drei, die aus drei unterschiedlichen Familien stammten, irgendwie zusammengekommen, hoffentlich um eine neue zu gründen. Um unser eigenes Heim zu gestalten, eine Einheit.

Ich war zufrieden mit meinem Leben auf der Duke Ranch, wo ich neben Tucker arbeitete. Wir hatten uns im College kennengelernt, waren seitdem Freunde. Mehr als Freunde, weil wir uns eine Frau teilen wollten. Und auch wenn es mein Traum gewesen war, meine eigene Ranch zu führen, war es in Ordnung, Vorarbeiter für Tucker zu sein. Vor allem jetzt mit Ava. Wenn es nach uns ginge, würde sie jede Nacht in einem unserer Betten verbringen.

Die vergangenen drei Nächte hatte sie auf der Ranch zwischen uns beiden geschlafen. Ich hatte die Schlafbaracke, ohne zu zögern, hinter mir gelassen. Ich würde mir eines der anderen Schlafzimmer in dem großen Haus nehmen und Ava würde zwischen uns hin und her wandeln. Das Haus der Duke Ranch würde unser Zuhause sein, wo wir die Handvoll Kinder, die wir mit Ava zeugen würden, aufziehen würden. Eines Tages. Jetzt? Hatten wir einfach Spaß ohne Ende beim Üben.

Wir waren alle gierig und wollten nachts nicht voneinander getrennt sein. Also fickten wir uns in die Erschöpfung und unsere Frau lag in der Mitte, genau da, wo sie hingehörte.

„Ich will nicht mit meinem Vater reden", erwiderte sie mit einem leisen Stöhnen. „Oder meiner Mutter, falls er wieder versucht, sie zu benutzen, um an mich ran zu kommen."

Es war ein verregneter Tag. Tucker und ich waren früh aufgestanden, um unseren Pflichten nachzukommen, aber waren zurückgekehrt und hatten unsere liebliche Ava auf die bestmögliche Weise geweckt. Ich hatte meine Kleider abgelegt, die Decken zurückgezogen und mich zwischen ihren Schenkeln niedergelassen. Tucker hatte mit ihren prallen Nippeln gespielt, hatte sie ganz hart werden lassen wie feste kleine Himbeeren. Und dann hatten wir sie gevögelt, bis sie ihren eigenen Namen nicht mehr gewusst hatte.

Und jetzt verbrachten wir einen faulen Nachmittag, zufrieden damit, ein Nickerchen zu halten und noch mehr zu vögeln, wie Teenager rumzumachen und wieder von vorne anzufangen.

„Er wird nicht aufhören, bis du es tust", meinte Tucker, schnappte sich das Handy und reichte es ihr.

Sie starrte es an, während es in ihrer Hand vibrierte. Stirnrunzelnd setzte sich auf, lehnte sich aufrecht gegen ein Kissen und zog die Decke über ihren nackten Körper.

„Hallo."

Ich konnte eine tiefe Stimme aus dem Telefon hören, aber die Worte waren nicht verständlich. Ich warf Tucker einen Blick zu, der nicht allzu begeistert darüber wirkte, dass unsere Zeit mit Ava unterbrochen wurde, insbesondere von etwas, das sie beschäftigte. Ich stieg aus dem Bett, zog meine Jeans an, die ich auf dem Boden fand, aber schloss den Reißverschluss nicht.

„Ja, Vater", sagte Ava. Sie umklammerte die Decke an ihrem Hals, aber bemerkte nicht einmal, dass eine ihrer Titten entblößt war.

Ich fuhr mit meiner Hand durch meine Haare, setzte mich auf die Bettkante.

„Nein. Das ist keine Phase."

Pause.

„Nein. Ich bin nicht fertig mit diesem Anfall von Rebellion."

Ich wollte ihren Vater allein für den verletzten und wütenden Klang ihrer Stimme töten.

„Es gibt nichts mehr zu bereden." Sie legte auf, warf das Handy aufs Bett, einen finsteren Ausdruck im Gesicht.

Wir schwiegen, warteten darauf zu hören, was sie sagen würde. Ihrem Aussehen nach zu urteilen, war sie eher angepisst als traurig. Ich konnte ihr das nicht übelnehmen. Mein Vater war zwar nie zu meinen Baseballspielen gekommen wie T's Dad – zum Teufel, er war der verdammte Trainer gewesen – aber er hatte mich auch nicht beschämt.

Sie blickte zu uns beiden. „Der kleine Anfall von Rebellion, von dem er sprach? Ihr zwei", grummelte sie.

„Rebellion?"

„Ja, er meinte, ihr Jungs wärt nur ein kurzes Liebesabenteuer", erklärte sie. „Dass ich mich nur ein wenig austoben würde. Was auch immer."

„Tigerin, das ist kein Liebesabenteuer", entgegnete Tucker mit ruhiger Stimme.

Woher zum Henker wusste ihr Vater von mir und Tucker? Wir hatten kein Geheimnis aus unserem Interesse an ihr gemacht und jeder Kerl in Raines wusste, dass er sich von Ava fernhalten sollte. Nach dem knappen Telefongespräch zu schließen, hatte sie sich nicht mit ihm über uns unterhalten. Ihre Mutter? Es klang nicht, als würde sie mit einem von ihren Elternteilen reden. Denver lag zwei Staaten entfernt. Ich konnte mir nicht vorstellen, dass ihr Vater auch nur eine Minute hier in Raines verbrachte, um nach seiner Tochter zu schauen. Das bedeutete, dass jemand für ihn arbeitete.

Ava krabbelte die Länge des Bettes hinab und weg von uns. Tucker ergriff einen ihrer Knöchel, um sie aufzuhalten. Sie blickte über ihre Schulter und warf ihm einen Blick zu, der seine Eier hätte schrumpeln lassen sollen.

„Du denkst, das hier ist nur ein Liebesabenteuer?", fragte er.

„Das hab ich nicht gesagt", widersprach sie „Ich hab gar nichts gesagt. Mein Dad hat das Reden übernommen."

Sie zog an ihrem Bein und Tucker ließ sie gehen. Sie kletterte aus dem Bett und schnappte sich Tuckers T-Shirt vom Boden, streifte es über ihren Kopf. Es war ihr viel zu groß, bedeckte die Hälfte ihrer Schenkel, der Ausschnitt rutschte fast von ihrer Schulter. Sie sah zerknautscht und sexy und stinkwütend aus.

„Ihr wisst, dass er monatelang ruhig war. Keine Anrufe, nichts, genau wie er es angedroht hatte. Und da meine Mutter alles tut, was er sagt, kam auch von ihr nichts. Ich war völlig von ihnen abgeschnitten. Er hat wahrscheinlich gedacht, dass mir das Geld ausgehen und ich mich entscheiden würde müssen, ob ich in einer Pappschachtel hausen und hungern, oder ob ich mit eingeklemmtem Schwanz in den Schoß der Familie zurückkehren wollte. Aber nein." Sie verschränkte die Arme vor der Brust, wodurch ihre Titten nach oben gepusht wurden und sich ihre harten Nippel deutlich unter er Baumwolle abzeichneten. „Das Einzige, was er gemacht hat, das gestehe ich ihm zu, war, mich schlau zu machen. Die besten Schulen haben sich ausgezahlt. Zum Teufel, er hat mich darauf vorbereitet, für CFG, ich meine die Carter Financial Group, zu arbeiten. Einen Seed & Feed leiten? Kinderspiel. Ich liebe es. *Und*, auch wenn ich eine Hypothek dafür aufgenommen habe, hause ich nicht in einer beschissenen Pappschachtel."

„Er sollte stolz auf dich sein", erzählte ich ihr. Sie war unterdrückenden Eltern entkommen, machte, was sie wollte. Auf ihre Art.

Sie lacht. „Ja, klar. Er hat erst wieder angefangen, anzurufen, als ihr begonnen habt, um mich herumzuscharwenzeln." Sie deutete zwischen uns beiden hin und her, als wären wir der Feind.

Ich schaute zu T. Ja, er hatte den gleichen Scheißgedanken. Jemand beobachtete unser Mädel.

„Wir sind nicht herumscharwenzelt", konterte ich.

„Ihr habt euer Territorium markiert, was auch immer." Sie warf die Hände in die Luft.

„Schau deine Schenkel an, Tigerin. Du bist wirklich gut markiert. Unser Sperma tropft aus deiner Pussy."

Ihre Augen wurden schmal, während sie errötete. Wir hatten ein weiteres Mal über Kondome geredet, aber wir hatten es bereits ungeschützt getan und es gab kein Zurück mehr. Auf keinen beschissenen Fall. Fuck, es war so viel besser. Sie ohne Gummi zu nehmen, Haut auf Haut, war das, worauf T und ich gewartet hatten. Worauf wir uns geeinigt hatten, dass wir es nur mit Der Einen tun würden. Und Ava *war* verflucht nochmal Die Eine.

Sie mochte auf einen Streit aus sein, aber sie wusste, dass sie zu uns gehörte.

„Nun, es beweist auf jeden Fall, wie wild ich war, oder nicht?"

Sie war aufgebracht und angepisst und wollte ein Ventil. Das waren wir. Aber so funktionierte das nicht. Sie sollte darüber reden, wie sie sich fühlte, wie wir ihr helfen konnten, nicht all ihre Wut auf ihren Dad an uns auslassen. Oh, es bestand kein Zweifel, dass wir aushalten konnten, was auch immer sie austeilen wollte, aber das würde nirgends hinführen. Wir mussten ihr über diese wütende Stufe hinweghelfen und mit ihr darüber reden, was sie wirklich beschäftigte.

Wer war vor uns auf ihrer Seite gewesen? Kaitlyn, klar. Aber ich bezweifelte, dass Ava sie anrufen und ihr von ihren Gefühlen über ihren Dad erzählen würde, vor allem nach dem, was Kaitlyns Dad getan hatte, wie er gewesen war. Ava brauchte einen Therapeuten oder zwei Männer, die für sie da waren und zuhörten. Anders als ihr beschissener Dad.

Ich ergriff ihr Handgelenk, zog sie zu mir, setzte mich auf die Bettkante und zog sie über meinen Schoß, alles innerhalb von zwei Sekunden. Ihr Kopf hing auf einer Seite zum Boden, ihre Zehen berührten auf der anderen den Teppich. Und über meinem Schoß lag ihr nach oben gewandter, nackter Arsch. Das T-Shirt war durch die Bewegung hoch gerutscht und sie war bereit für ihr Spanking.

„Colton!", schrie sie, wand sich und versuchte, wegzurutschen. „Was zum Teufel machst du da?"

„Dir das Ventil geben, das du brauchst."

Ich schlug sie einmal. Nicht zu hart, aber sie würde das Brennen spüren.

„Ventil? Das ist kein Ventil! Du kannst mir nicht einfach den Hintern versohlen. Ich hab nichts Falsches gemacht. Und selbst wenn, *du kannst mir nicht den Hintern versohlen!*"

Ich verpasste ihr einen weiteren Hieb. „Oh ja? Du bist wütend auf deinen Dad und lässt es an uns aus. Das ist nicht fair und du weißt es. Wir sind hier für dich, warten darauf, uns das *echte* Problem anzuhören."

„Das echte Problem sind herrische, kontrollierende Männer in meinem Leben!", schrie sie und trat mit den Beinen um sich. Ich fixierte sie mit einem von meinen.

Oh ja, ihr Arsch würde glühen. Ich fing an, ohne Unterlass Schläge auf sie regnen zu lassen. Eine Seite, dann die andere, niemals zweimal auf die gleiche Stelle.

„Tucker, mach, dass er aufhört!", versuchte sie es als nächstes.

T trat um das Bett, setzte sich neben sie und streichelte ihren Hinterkopf. „Colton weiß, was du brauchst."

„Ein Spanking?", fragte sie, obwohl ich genau das tat. Sie wieder spankte.

„Wie er bereits sagte, ein Ventil", erwiderte er. „Gib dich einfach hin. Lass los. Gib uns deine Probleme. Schluss damit, dass du Scheiß für dich behältst."

Eine ganze Minute lang begriff sie es nicht, also versohlte ich ihr weiterhin den Arsch, während sie sich wand und kämpfte. Ihr Hintern leuchtete mittlerweile feuerrot, aber ich schlug sie nicht hart genug – und würde ich auch nie – um Blutergüsse oder Male zu hinterlassen. Nur ein Brennen für eine Weile. Dann, ganz plötzlich, entspannte sie sich. Brach auf meinem Schoß zusammen und weinte.

Ich warf T einen Blick zu und verpasste ihr einen letzten

sanften Klaps. Anschließend hörte ich auf, fuhr mit meiner Handfläche über ihr erhitztes Fleisch.

„Schh, das ist es. Weine", summte ich. Ich hob sie hoch, zog sie auf meinen Schoß und streichelte mit meiner Hand ihren Rücken hoch und runter, während sie alles rausließ. „Wir sind groß genug, um deine Bürden zu tragen."

Und das ließ sie nur noch heftiger weinen, sodass meine Brust ganz feucht wurde, aber es war mir scheißegal.

Ich fragte mich allerdings, ob unsere knallharte Frau jemals zuvor geweint hatte.

———

AVA

Ich hatte keine Ahnung, wie lange ich mich auf Coltons Schoß kuschelte. Ich wusste nur, dass sie mit mir redeten und ich nichts von dem, was sie sagten, verstehen konnte. Ich weinte zu heftig. Aber dann hörte es auf. Ich hatte all die Wut und den Frust, die Traurigkeit darüber, dass ich Eltern hatte, die sich nicht ernsthaft für mich interessierten, rausgelassen. Oh, ich hatte so ziemlich mein ganzes Leben gewusst, dass ich für sie nur eine *Sache* war. Natürlich würden sie ein Kind haben. Aber was sie mit dem Kind machten, außer mit ihm auf ein paar Familienfotos für die Öffentlichkeit und Weihnachtskarten zu posieren, interessierte niemanden. Ich wurde nicht vernachlässigt. Ganz im Gegenteil. Mein Leben hatte nie mir gehört, nicht bis ich endlich die Notbremse gezogen hatte.

Und dann hatte es ganz allein mir gehört. Bei meinen Eltern gab es nur alles oder nichts. Nachdem ich gehofft hatte, dass ich *etwas* war, hatten sie bewiesen, dass ich nichts für sie war.

Das tat weh. Ich hatte es in mich reingefressen, weil ich einfach froh gewesen war, frei zu sein. Allein das hatte mich schon zufrieden gestellt. Aber es hatte in mir gegärt. Offensichtlich. Ich war ein verheultes Häufchen Elend. Mein Hintern brannte.

„Es tut mir leid", sagte ich schniefend.

Tucker hob mein Kinn an, sodass ich in seine Augen sah. Er schenkte mir ein sanftes Lächeln, das sich auf seine Augen erstreckte. Das war nicht der glühende Blick eines Liebhabers. Nein, es war das zärtliche Angebot eines Mannes, der mich als die Seine betrachtete.

„Es ist okay, wenn meine Tigerin manchmal zu einem Kätzchen wird", erwiderte er. „Du bist jetzt die Unsere, was bedeutet, dass du mit uns reden musst."

Ich nickte, blickte zu Colton. Er küsste meine Stirn. „Erzähl es uns, Baby."

Ich seufzte und tat genau das. Erzählte ihnen von meiner Kindheit. Wie ich dazu geformt worden war, die Firma zu leiten. Dass ich mit Perry als Geschäftsführer und in einer Ehe vereint werden sollte. Dass ich Perry nicht wollte, einfach alles.

„Deine Eltern haben dich aus ihrem Leben ausgeschlossen, weil du weder den Job noch den Ehemann, den sie dir zugewiesen hatten, akzeptiert hast?", wollte Colton wissen.

Ich zuckte mit den Achseln, was mich daran erinnerte, dass ich nach wie vor auf seinem Schoß saß und daher versuchte ich, von ihm zu rutschen. Sein Griff festigte sich, ließ es nicht zu, also gab ich nach.

„Das trifft es so ziemlich."

„Und er hat dich monatelang ignoriert, dann angefangen anzurufen?"

„Ja."

„Er will etwas von dir."

Ich stimmte wieder zu. Dieses Mal, als ich aufstehen wollte, ließ Colton es zu. Ich tigerte vor ihnen herum, während ich nachdachte. „Ich besitze einen kleinen Treuhandfond von meiner Oma, auf den meine Eltern keinen Zugriff haben. Es ist kein riesiger Batzen Geld – zumindest für ihre Verhältnisse – also war das nie ein Problem. Ich habe einen Teil davon für die Anzahlung für den Seed & Feed benutzt, aber ansonsten liegt das Geld unberührt herum. Das kann er nicht wollen. Ansonsten habe ich nichts von Wert für ihn. Er will den Laden nicht, so viel ist sicher."

„Du bist es, die er will, Baby", entgegnete Tucker. „*Du* bist von Wert für ihn. Das warst du schon immer. Vielleicht ist das der Grund, aus dem er gedroht hat, dich zu enteignen, damit du bleiben und tun würdest, was er von Anfang an für dich geplant hatte."

Ich lachte, weil ich an Perry dachte. „Ja, das wird nicht passieren. Ich heirate Perry nicht."

„Ich will diesen Perry Kerl verprügeln", sagte Colton. „Ich kann verstehen, warum er dem, was dein Vater will, zustimmt, denn zum Teufel, als Teil des Deals würde er dich bekommen. Aber ein Kerl, der einen verschissenen *Deal* brauch, um eine Ehefrau zu landen?"

„Absoluter Volltrottel", fügte Tucker hinzu. „Er ist kein Problem. Worüber ich mir Sorgen mache, ist das, was du beim Anruf gesagt hast."

Ich runzelte die Stirn, dachte über das kurze, einseitige Gespräch nach. Sie hatten noch weniger als ich davon gehört. „Was?"

„Er wusste, dass du mit uns vögelst", antwortete Colton.

Ich erstarrte, starrte auf den Teppich, dann schaute ich zu ihnen.

„Heilige Scheiße."

Beide Männer wirkten grimmig.

„Er lässt mich beobachten."

9

VA

Mein Vater mochte zwar etwas von mir wollen, ja mich sogar beobachten lassen, aber er war nicht sonderlich in Eile. Während der nächsten Woche lebte ich mein Leben wie gewöhnlich. Ich entdecke nie jemanden, der mich mit einem Fernglas beobachtete, niemand näherte sich mir. Ich führte den Laden wie ich es jeden Tag tat, jetzt mit dem bereits vertrauten Erscheinen von Colton oder Tucker, die nach mir schauten. Das ging für Gewöhnlich auch mit irgendeiner Form von Rummachen einher, außer an einem Tag, als ein steter Strom Kunden hereinkam und Colton nicht in meine Nähe hatte kommen können. In der Nacht hatte er das wieder wettgemacht, indem er mich in sein Zimmer geschleift und meine Hände mit dem Lasso von meinem ersten Besuch an das Kopfbrett gebunden hatte. Ich hatte nicht gewusst, dass ich so viele Male kommen konnte, aber Colton war unersättlich gewesen und ich hatte nichts tun können. Ich war vollständig seiner Gnade ausgeliefert gewesen. Zumindest bis er Tucker ins Zimmer gerufen und mich mit ihm allein gelassen hatte.

Dann war ich Tucker auf Gedeih und Verderb ausgeliefert gewesen. Er hatte mich gefragt *Wer wurde jetzt mit dem Lasso gefangen?*

Und ich hatte jede Minute geliebt.

Und der Teil mit dem Leben wie gewöhnlich? Wenn das jetzt das Tragen von Kleidern ohne Slip aber mit Cowboystiefeln beinhaltete, dann war das gewöhnlich. Und wenn es auch einen edelsteinbesetzten Buttplug involvierte, den einer von beiden mir eingesetzt hatte, bevor ich zur Arbeit ging – da ich so modebewusst war, achteten sie stets darauf, dass die Farbe des Edelsteins zu meinem Outfit passte – dann war das Leben definitiv wie gewöhnlich.

Und wenn das mein Leben war, dann liebte ich es. Ich liebte sie. Ich hatte es nur noch nicht ausgesprochen. Genauso wenig wie sie, aber es zeigte sich in allem, was sie für mich taten. Ihrem Beschützerinstinkt. Ihrer besitzergreifenden Art. Ihren äußerst verruchten Sehnsüchten.

Ich hatte niemanden gesehen, der mich beobachtete – nicht bevor wir darauf gekommen waren, dass mein Dad jemanden in Raines auf mich angesetzt hatte – weil ich zu konzentriert auf Colton und Tucker gewesen war. Auch wenn sie nicht gerade glücklich darüber waren, dass jemand meinem Dad erzählte, was wir taten, war es für sie bedeutungslos. Unsere Beziehung war kein Geheimnis. Mr. und Mrs. Duke waren begeistert, dass wir zusammen waren. Die Stadt schien sich an unserer Dreisamkeit nicht zu stören. Kaitlyn hatte ihre zwei Männer und sie war die Bibliothekarin.

Trotzdem lehnten es Colton und Tucker ab, dass ich allein in meiner Wohnung blieb. Ich würde in einem ihrer Betten schlafen oder übers Knie gelegt werden. Damit hatte mir Colton zumindest gedroht und ich hatte zugestimmt. Nicht weil ich wusste, wie sich seine Spankings anfühlten, denn das wusste ich nur allzu gut, sondern weil es für mich kein Problem war, ihnen das zu schenken. Welche Frau würde nicht jede Nacht in den Armen ihrer Männer liegen wollen?

Mein Vater rief nach wie vor an. Ich ignorierte ihn nach wie vor und Colton und Tucker stimmten mir darin zu. Wenn das alles war, was er machte – und sich der Kerl, den er auf mich angesetzt hatte, weiterhin rar machte – würden wir ihn die ganze Arbeit machen lassen.

Bis wir eines Abends nach dem Abendessen auf der Couch saßen. Ich lag auf ihren beiden Schößen und saugte an Coltons bestem Stück. Mein Kleid war zu meiner Taille hochgeschoben, weil mich Tucker fingerte und mit dem Plug in meinem Po spielte.

Mein Handy klingelte in der Küche und ich hob meinen Kopf von Coltons Penis.

„Baby, wenn dein Mund müde wird, dann komm hier hoch und reite mich", sagte Colton, dessen Hand über meine Haare streichelte, dann nach unten glitt, sodass sein Daumen über meine Unterlippe streifen konnte. „Aber mein Sperma kommt in den nächsten zwei Minuten in dich."

„Sorry", erwiderte ich, leckte mir die Lippen und über seine Daumenspitze. „Ich hab das Telefon gehört und an meinen Dad gedacht."

Tucker schlug auf meinen nach oben gewandten Hintern.

„Au!", schrie ich und schaute über meine Schulter zu ihm.

„Meine Finger stecken in deiner tropfnassen Pussy und Coltons Schwanz in deiner Kehle und du denkst an deinen *Vater*?"

Er schlug mich wieder.

„Es tut mir leid!", kreischte ich, aber wand mich auch, weil mich das Spanking dieses Mal erregte.

„Folgender Vorschlag, Tigerin", sagte Tucker mit tiefer und entschlossener Stimme, während er seine Finger aus mir zog. „Wir werden dich ficken." Vorsichtig zog er den Plug aus meinem Po, kreiste mit dem Daumen um die entspannte, schlüpfrige Öffnung. „Hier."

Ich japste, dann wurde ich bei der Vorstellung sogar noch feuchter. Sie hatten davon gesprochen, dass sie mich überall erobern würden, dass sie diese letzte Jungfräulichkeit nehmen, mich eines Tages gemeinsam nehmen würden, einer in meiner Pussy, der andere in meinem Arsch, aber das war lediglich Gerede gewesen. Wirklich heißes, verdorbenes Gerede.

Sie hatten mich darauf vorbereitet, eines ihrer riesigen Prachtstücke dort aufzunehmen, aber ich hatte nie nachgefragt wann. Es war ja nicht so, als wäre das, was wir getan hatten, nicht schon heiß und kinky genug gewesen. Allein die Vorstellung des Ganzen erregte mich. Aber jetzt... Gott, würden sie überhaupt reinpassen?

„Ja", stimmte Colton zu. „Wir müssen dich von deiner Grübelei ablenken. Wenn das bedeutet, dass wir deinen fantastischen Arsch ficken, dann werden wir genau das tun."

Colton zog mich hoch, küsste mich. Als er sich von mir löste, blickte ich in seine dunklen Augen. „Dann werden wir dich nach Denver bringen. Diesen Mist mit deinem Dad klären. Ein für alle Mal."

„Ihn aus deinem Kopf, deinem Leben werfen...wenn es das ist, was du willst", ergänzte Tucker.

Ich schaute sie beide an, nickte, dann küsste ich Colton zurück. Ich hatte nicht gedacht, dass es möglich war, sie sogar noch mehr zu mögen...lieben als ich es ohnehin schon tat. „Ihr müsst nicht mitkommen. Ich kann mich allein um ihn kümmern."

„Natürlich kannst du das. Aber warum? Du hast uns, Tigerin", sagte Tucker.

„Außerdem wird es ihm ziemlich schwerfallen, dich an diesen Perry Deppen zu verheiraten, wenn bereits zwei andere Männer auf dich warten."

Mein Mund klappte auf. *Zwei andere Männer bereits auf mich warten?* „Ihr...ihr wollt mich heiraten?", quiekte ich.

Tucker verpasste mir noch einen Klaps auf den Po, wenn auch nicht gerade kräftig. Trotzdem kribbelte es. „Was haben wir dir die ganze Zeit erzählt?"

„Dass ich zu euch gehöre", antwortete ich sofort.

„Das stimmt. Und was heißt das?", wollte Colton wissen.

Ich schaute zu ihm. „Dass ihr Neandertaler seid und ihr mich an den Haaren zurück in eure Höhle geschleift habt?"

Tucker schlug mir wieder auf den Po. „Freches Mundwerk."

„Nein, es bedeutet, dass du zu uns gehörst", fuhr Colton fort. „Dass wir zu dir gehören. Wir wollen dich für immer. Und das bedeutet Ehe."

„Aber – "

„Muss ich meinen Schwanz wieder in deinen Mund stecken, damit du endlich still bist?"

Ich warf ihm einen tödlichen Blick zu, aber das brachte ihn nur zum Grinsen.

„Dieser Todesblick funktioniert nicht, wenn deine Lippen ganz geschwollen sind, weil du mir einen Blowjob gegeben hast und überall auf deinem Arsch Tuckers rosa Handabdrücke sind."

Wo er recht hatte, hatte er recht.

„Wir ficken dich ungesattelt, Tigerin. Du bist die Eine. Nur damit wir uns verstehen. Wir heiraten dich."

„Das stimmt", bekräftigte Colton. „Wir werden schon bald unsere Ringe an deinen Finger stecken. Aber zuerst gehen wir nach Denver und kümmern uns um den Mist, der deine Gedanken von dem, was wichtig ist, ablenkt."

Er hatte recht. Das *wir* war wichtig. Aber ich war immer noch wegen meiner Familie angefressen. Ich musste mich damit auseinandersetzen, dann könnten Colton, Tucker und ich unsere eigene gründen.

„Es ist allerdings zu spät, um heute noch einen Flug zu erwischen."

Tucker streckte seine Hand aus und streichelte meine Haare. „Du bist eine Carter, Tigerin. Ich bin mir sicher, eines eurer Flugzeuge kann uns abholen."

―――

TUCKER

„In der Zwischenzeit...", sagte ich, aber Colton hob Ava bereits hoch und trug sie die Treppe hinauf und in sein Schlafzimmer. Mir war es scheißegal, ob wir in sein Zimmer oder meines gingen, solange es dort ein Bett gab. Mit Ava darauf.

Ich schnappte mir das Gleitgel von meinem Nachttisch,

ehe ich mich ihnen anschloss. Colton hatte ihr bereits das Kleid ausgezogen und öffnete gerade den Verschluss ihres schwarzen Spitzen-BHs. Als sie nackt vor uns stand – wir hatten ihr gesagt, sie dürfe keine Höschen tragen und sie hielt sich daran – hob Colton ihr Kinn an und küsste sie. Süß, sanft, was das komplette Gegenteil von dem war, was mir vorschwebte. Ich wollte es hart und wild. Verschwitzt und unfassbar versaut, aber ihren Arsch zum ersten Mal zu nehmen, war nicht der richtige Zeitpunkt dafür.

„Bist du bei uns, Tigerin? Wo ist dein Kopf gerade?", erkundigte ich mich. Ich wollte nicht, dass sie an ihren Vater dachte, fuck nein. Ich wollte, dass sie zu hundert Prozent hinter dem stand, was wir gleich tun würden. Wir würden dafür sorgen, dass es gut für sie war, aber wir würden nicht einmal mit ihrem Hintern spielen, wenn sie nicht darauf stand.

Ich hätte es nicht einmal vorgeschlagen, wenn ihr nicht gefallen hätte, was wir bisher mit ihr gemacht hatten. Ihr gefielen Analspielchen. Nein, sie gefielen ihr nicht. Sie liebte sie. Die Plugs, ein Finger in ihr, während wir sie vögelten. All das. Sie war heftig gekommen – so verdammt heftig, dass ich gedacht hatte, sie würde meinen Schwanz zerquetschen – als ich sie von hinten genommen und meinen Daumen langsam in das hintere Loch hatte rein und raus gleiten lassen.

Sie wand sich und begann die Druckknöpfe von Coltons Hemd zu öffnen. „Hier, bei euch. Ich bin schon so scharf, so feucht. Ich will das. Ich will, dass ihr mich dort nehmt."

Colton stoppte ihre Hände mit seinen. „Tucker wird dich dort entjungfern, Baby. Ich werde dich aber zuerst mit einem Pussyfick aufwärmen. Wir werden es so gut machen."

Sie nickte, ihre Haare fielen über ihren Rücken und mir

entging nicht, dass sich ihre Nippel zu festen kleinen Beeren zusammengezogen hatten. „Das macht ihr immer."

Ich warf das Gleitgel aufs Bett, ehe ich aus meinen Stiefeln schlüpfte und mich auszog. Ich konnte sie von vorhin noch auf meinen Fingern riechen, wusste, wie feucht und bereit sie war. Zu dem Zeitpunkt, an dem Ava Colton aus seinen Kleidern half, war ich bereits hinter ihr und streichelte mit meinen Händen über ihre weiche Haut. Wie Seide und hell wie Sahne. Ich schwelgte in dem Privileg, sie berühren zu dürfen, sie zwischen uns zu haben. Zu wissen, dass sie die Unsere war, dass sie sich uns gleich auf die intimste Art und Weise unterwerfen würde.

Colton ergriff ihre Hand, zog sie mit sich ins Bett, sodass sie auf ihm lag. Ich setzte mich an den Bettrand und schaute zu. Unterdessen streichelte ich mit einer Hand meinen Schaft entlang, um die Ungeduld, in ihr zu sein, zu zügeln. Die andere glitt über die lange Linie ihrer Wirbelsäule, über die vollen Rundungen ihres Pos, reizte sie sogar, indem ich einen Finger zwischen die Backen schob. Aber jetzt war Coltons Zeit mit ihr. Meine würde noch kommen.

Während sich Colton Zeit ließ, wollte Ava nichts davon wissen. Meine Liebkosungen auf dem Sofa hatten ihren Motor auf Touren gebracht. Während sie sich küssten, umfassten Coltons Hände ihre Brüste und mir entging nicht, wie seine Finger an ihren Nippeln zogen und zupften. Sie stöhnte und positionierte sich so, dass sein Schwanz an ihren Eingang drückte. Dann, fuck, beobachtete ich, wie jeder Zentimeter von ihm in ihr verschwand.

Colton unterbrach den Kuss, drückte seinen Kopf zurück in das Kissen und schloss seine Augen. Oh ja, ich kannte die süße Wonne, das Gefühl von Avas Pussy, während sie hungrig einen Schwanz verschlang. Ihre Hände legten sich auf seine nackte Brust, während sie anfing ihn zu reiten. Hoch, runter, ein Kreisen ihrer Hüften. Sie gab sich so den Bewegungen hin, dass sie ganz vergaß, dass ich zusah. Colton packte ihre Hüften und übernahm. Seine Augen öffneten sich jetzt, beobachteten. Es war unmöglich, sie nicht anzustarren, sich nicht anzuschauen, wie sie sich in das Vergnügen, die Lust, die wir ihr verschafften, fallen ließ. Colton gab ihr all das und sie nahm es an. Gierig.

„Ich werde kommen!", schrie sie, während sie sich auf ihre Unterarme nach unten beugte und ihn härter, schneller fickte. Kurze, schnelle Stöße, während sie ihre Klit an ihm rieb.

Fuck, ich würde kommen und ich war noch nicht einmal in ihr. Ich nahm das Gleitgel, klappte den Deckel auf und spritzte etwas davon auf meinen Schwanz, verschmierte es so, dass er großzügig damit bedeckt war.

Sie schrie auf und mein Schwanz verspritzte Lusttropfen bei ihrem wundervollen Anblick, als sie kam. Colton stöhnte, versteifte sich und ich wusste, er füllte sie.

Colton hob sie von sich und rutschte zur Seite, sodass sie auf ihrem Bauch lag. Sie erschauderte und ich wusste, dass das Vergnügen noch nicht verebbt war. Es war Zeit. Ich trat an ihre Seite und Colton ergriff einen ihrer Schenkel und spreizte sie. Ich drückte einen glitschigen Finger an ihren Hintern, beschrieb Kreise und verteilte das Gleitgel. Wir hatten wegen genau diesem Moment mit Plugs gespielt, sie gedehnt und auf unsere Schwänze vorbereitet. Sie war eng, aber sie öffnete sich für meinen Finger und ich glitt bis zum ersten Knöchel in sie. Ich bewegte mich auf ihr.

„Genau so, Tigerin." Ich presste meinen Schwanz an ihren Eingang, begann nach innen zu drücken. „Schön entspannt. Gut, ich werde in dieser Position in dich eindringen, dann werde ich dich hochheben und ficken. Braves Mädchen. Oh, fuck, schau, ich bin direkt reingerutscht." Es war schwer mit zusammengepressten Zähnen zu reden, denn sie fühlte sich so verflucht gut an, dass ich kaum atmen konnte. Sie war hier so unglaublich eng und es fiel ihr nicht leicht, mich aufzunehmen. Aber sie tat es.

Der Muskelring leistete keinen zu großen Widerstand und meine Eichel war drin. Oh Scheiße, ich würde kommen. „Okay, Tigerin?"

Sie nickte, ihre Hände vergruben sich in den Laken. Sie atmete tief, während sie sich zusammenzog und drückte, langsam anpasste.

„Schau dich nur an, Baby", sagte Colton, seine Stimme sanft und voller Lob. „Fuck, ich werde wieder hart, nur weil ich Tucker in deinem Arsch sehe."

Sie wimmerte.

„Sollen wir ein Foto machen?", fragte Colton und streckte seine Hand aus, um sein Handy aus seiner Hose zu fischen. „Es zu unserer Sammlung hinzufügen?"

Sie drehte ihren Kopf, schaute zu ihm, während er auf ihre Zustimmung wartete. Ich konzentrierte mich darauf, mich nicht zu bewegen, sie nicht ins Bett zu hämmern.

„Ja", hauchte sie.

„Fuck, du bist perfekt", murmelte ich und streichelte mit einer Hand ihren Rücken hinab, während Colton herumlief, um nicht jugendfreie Fotos von uns zu machen. Von meinem Schwanz, der dieses dunkle Loch entjungferte. Unsere Gesichter waren nie in den sexy Fotos, die wir schossen. Wir würden nie etwas mit den Bildern tun, außer sie gemeinsam anzuschauen, unsere eigene kleine perverse Galerie. Aber um auf der sicheren Seite zu sein, vergewisserten wir uns, dass nur Körperteile zu sehen waren. Die Tatsache, dass das unser Mädel anturnte, bewies, dass wir perfekt zusammenpassten.

Ich wagte es noch nicht, mich zu bewegen, nicht bis sie bereit war, aber es brachte mich um. Schweiß tropfte von meiner Stirn und meine Backenzähne wurden zu Staub gemahlen. Ich schlang einen Arm um ihre Taille und zog sie hoch, sodass ihr Arsch angehoben wurde. Colton schob ein dickes Kissen unter ihre Hüften, ließ seine Hand dort liegen und ich wusste es in der Sekunde, in der er ihre Klit fand. Sie wurde um mich herum enger und stöhnte. Es war weniger als eine Minute vergangen, seit sie von ihrem Höhepunkt von ihrem Sex mit Colton runtergekommen war und sie war bestimmt empfindlich.

„Sag es, Ava. Sag, dass ich deinen Arsch ficken kann."

Ich wartete eine Sekunde, vielleicht auch zwei. „Bitte, Tucker", stöhnte sie. „Oh Gott, bitte fick meinen Arsch. Ich brauche es."

Jetzt, da ich drinnen war – dieser Winkel war besser dafür geeignet, mich tiefer in sie zu pressen – machte ich langsam genau das. Sehr langsam. Ich schnappte mir das Gleitgel, tropfte etwas dorthin, wo wir miteinander verbunden waren, sodass alles schön glitschig blieb. Glitt nach innen, dann zurück, sodass nur noch die Eichel in ihr war, dann stieß ich tiefer, bis ich gegen ihren nach oben gereckten Hintern drückte.

„Tucker", stöhnte sie, dann wackelte sie mit den Hüften.

„Bereit, Tigerin?"

„Ja!", schrie sie und stemmte sich mit ihren Händen hoch, sodass sie sich gegen mich drückte.

Ich sah, dass sich Coltons Arm bewegte, wusste, dass er ihre Klit bearbeitete, während ich ihren Arsch nahm. Auf diese Weise würde sie kommen. Dafür würden wir sorgen.

Nachdem ich noch etwas Gleitgel auf meine Länge

gespritzt hatte, fing ich an, mich noch schneller zu bewegen, ließ mich von dem leiten, was sich gut anfühlte, was sie zum Schreien und Flehen nach mehr brachte. Nein, nicht gut, verdammt spektakulär. Wir bewegten uns im Gleichklang, schaukelten, drückten, stießen, bis sie sich wand, keuchte und ihren Lippen Laute entkamen, die halb Stöhnen, halb Ächzen waren.

„Jetzt, Baby. Komm noch einmal", sagte ich, da sie ebenfalls kommen sollte, wenn ich sie füllte.

Ihr Rücken wölbte sich wie der einer Tigerin, die sie war, ihre Haare flogen über ihre Schultern, als sie zur Decke hochschrie. Mein Schwanz konnte der Art, wie sie mich drückte und pulsierte, nichts entgegensetzen. Meine Hoden zogen sich zusammen und entleerten sich, spritzten all mein Sperma tief in sie.

„Oh fuck", stöhnte ich, weil ich so heftig kam, dass ich nichts mehr sehen konnte.

Colton half ihr, sich von mir zu schieben, steckte sie unter die Decken und holte ihr einen feuchten Waschlappen, während ich mich erholte. Sie hatte mir den verdammten Schädel weggebumst.

Colton ließ sich auf einer Seite neben ihr nieder. Ich fiel wie ein gefällter Mammutbaum auf meinen Rücken, beugte mich zu ihr, um sie auf die Stirn zu küssen und warf dann einen Arm über meine Augen. Heilige Scheiße.

„Ich will das Foto sehen", murmelte sie mit geschlossenen Augen, während sie sich an Coltons Seite schmiegte, „wenn ich wieder bei Bewusstsein bin."

Ava bekam die Nähe nach dem Sex, nach der sie sich sehnte, von Colton. Ich brauchte eine Dusche, ehe ich sie in meine Arme schlingen konnte. Das war der Preis, den ich für so einen dekadenten Fick bezahlen musste. Also seufzte ich und ging ins Bad.

„Du hast zehn Minuten, dann texten wir deinem Vater wegen dem verfluchten Flugzeug", sagte Colton. „Wir können uns all die sexy Fotos anschauen, während wir zusammen fliegen. Vielleicht machen wir auch ein paar neue davon, wie wir Mitglieder des Mile High Clubs werden."

10

VA

„Wir können einfach den Aufzug nach unten nehmen und gehen", sagte Tucker. Ich stand zwischen ihnen, während ich beobachtete, wie die Zahlen der einzelnen Stockwerke durchsausten.

„Er hat keinen Einfluss mehr auf dich, Baby. Er mag zwar nervtötend sein, aber du musst nicht dort reingehen und herausfinden, welche Laus ihm über die Leber gelaufen ist."

Ich lachte. „Ihr zwei wart diejenigen, die wollten, dass ich das hier tue, dass ich den Pickel auf meinem Hintern ausdrücke."

Tucker wandte sich mir zu, streichelte mit seiner Hand über meine Wange. „Tigerin, ich hab deinen Po gesehen und dort ist kein Pickel. Scheiße, ich werde hart, wenn ich nur an deinen perfekten Arsch denke."

Ich verdrehte die Augen. „Ist es das oder die Tatsache,

dass ich keine Unterwäsche trage?"

Beide betrachteten mich von meinen schwarzen Stöckelschuhen bis zu dem maßgeschneiderten Kleid zu den gestylten Haaren und perfektem Make-up. Ich sah aus wie Ava Carter, MBA, nicht wie Ava Carter, Seed & Feed Eigentümerin. Aber mein Outfit verlieh mir Kraft, war wie eine Rüstung für die Schlacht mit meinem Dad. An meinem Aussehen würde er nichts zu kritisieren finden, das war schon mal verdammt sicher.

In der vergangenen Nacht hatte ich meinem Dad getextet und drei Stunden später war ein Flugzeug auf dem kleinen Flughafen von Raines gelandet. Der Flug nach Denver hatte weniger als zwei Stunden gedauert und wir hatten die Nacht in einem schicken Hotel im Stadtzentrum verbracht. Ich hatte mich geweigert, zum Haus zu gehen und wollte mich stattdessen mit meinem Vater in seinem Büro treffen. Die Domäne meines Vaters war sein Büro, nicht die gigantische Villa in den Hügeln, denn was auch immer er wollte, war Geschäftsbezogen. Er würde mir unter keinen Umständen SMS schicken und mich anrufen, nur um sich bei mir zu entschuldigen.

Colton knurrte. „Ich hätte diesen hübschen grünen Plug in deinen Arsch schieben sollen, bevor wir die Suite verlassen haben."

Dem hatte ich einen Riegel vorgeschoben. Mich meinem Vater ohne Slip zu stellen, war eine Sache, ein edelsteinbesetzter Buttplug war etwas völlig anderes. Außerdem war ich noch immer etwas wund. „Nach gestern denke ich, brauche ich eher eine Packung gefrorener Erbsen anstatt noch etwas dort drin", grummelte ich.

„Armes Baby", säuselte Colton und küsste meine Nasenspitze, wahrscheinlich damit er meinen Lippenstift nicht ruinierte. Nun, ihm wäre es egal, ob er meinen

Lippenstift verschmierte, vor allem weil das bedeutete, dass jeder wissen würde, dass ich geküsst worden war und zwar gut, aber in Anbetracht der Umstände war das sehr rücksichtsvoll von ihm. „Wir werden dich hier rausbringen und alles wieder gut machen."

Der Aufzug dingte, um uns darauf hinzuweisen, dass wir das oberste Stockwerk erreicht hatten. Ich holte tief Luft. „Lasst uns das mit meinem Dad hinter uns bringen und dann könnt ihr zwei alles mit mir machen, was ihr wollt."

Die Türen öffneten sich und ich machte Anstalten, rauszulaufen, aber Tucker stoppte mich mit einer Hand auf meinem Arm. „Versprochen, Tigerin?"

Ich sah Eifer und Begehren in seinem Gesicht. Zwei kleine Jungs und ihr Spielzeug. Ich. Dachte an all die Möglichkeiten, die sie sich einfallen lassen würden. Es würde Ewigkeiten dauern, sie alle auszuprobieren. Ewigkeiten. Klang genau richtig.

Ich lachte und zog sie beide aus dem Aufzug. „Versprochen."

Das Spielerische des Augenblicks verpuffte, als ich mich umdrehte und Mrs. Rouser vor uns stehen sah. Sie hatte sich kein bisschen verändert, seit ich sie zuletzt gesehen hatte. Andererseits hatte sie sich kein bisschen verändert, seit ich ein kleines Mädchen gewesen und mit meinem Dad ins Büro gegangen war. Sie war Mitte sechzig, hatte dunkle Haare mit silbernen Strähnen, die in der Mitte gescheitelt und zu einem strengen Knoten nach hinten frisiert waren. Ihre Bluse war bis hoch zu ihrem schwabbeligen Hals zugeknöpft, ihr gerader Rock fiel fünf Zentimeter über ihr Knie. Sie trug Strümpfe und Stöckelschuhe. Ich hatte nichts gegen ihre Kleidung, allerdings sah sie ziemlich unbequem aus, aber es war ihr Verhalten, das mich störte, als hätte sie ständig Sodbrennen. „Miss Carter."

Keine Begrüßung oder guten Wünsche. Nichts Nettes im Angebot. Sie warf Tucker und Colton einen kurzen Blick zu, aber falls sie an deren Anwesenheit – oder ihren Cowboy Outfits aus Jeans, Karohemd und Hüten, die sie in ihren Händen hielten – etwas auszusetzen hatte, ließ sie es sich nicht anmerken. Sämtliche Darsteller der Stripshow vom letzten Monat im Cassidy's hätten mit uns aus dem Aufzug steigen können und sie hätte nicht einmal mit der Wimper gezuckt.

„Hallo, Mrs. Rouser, braun steht Ihnen wirklich gut", merkte ich an.

„Ihr Vater erwartet Sie", sagte sie und ignorierte mein Kompliment. „Sie wissen, er hält nichts von Unpünktlichkeit."

Sie wartete nicht auf eine Antwort, sondern drehte sich um und erwartete, dass wir ihr folgten. Es war nicht nötig, dass sie mir den Weg zum Büro meines Vaters zeigte, weshalb ich die Augen hinter ihrem Rücken verdrehte, aber nichts sagte. Ich musste mir meine Kämpfe aussuchen und das würde der mit meinem Dad sein.

„Diese Frau hat was in ihrem Arsch und das ist kein edelsteinbesetzter Buttplug", flüsterte Tucker in mein Ohr, während wir ihr folgten.

Ich lachte schnaubend, was Mrs. Rouser dazu veranlasste, ihren Kopf zu uns zu drehen und uns böse anzufunkeln. Ich biss auf meine Lippen, um jegliches Zeichen von Belustigung zu unterdrücken, aber es war schwer. Ich hatte die Frau nie gemocht. Tatsächlich hatte mir der Drachen meines Vaters eine Heidenangst eingejagt. Bis jetzt.

Jetzt war sie eine Assistentin, die den ganzen Tag mit meinem Vater klarkommen musste. Ich bemitleidete sie sogar etwas. Und sie hatte wirklich einen Stock im Arsch.

Als wir das Büro meines Vaters betraten, erhob er sich und trat um den Schreibtisch, aber stoppte abrupt, als er sah, dass ich nicht allein war.

Er war ein großer Mann, hatte einen breiten Oberkörper und war eins achtzig groß. Er hatte die gebräunte Haut einer Person, die die Winter in Florida verbrachte oder eine Solarbank im Haus hatte. Seine Haare ergrauten langsam, aber sie waren ordentlich frisiert, wie es bei einem hundert Dollar Schnitt auch sein sollte. Sein Anzug war faltenfrei und grau mit einer dazu passenden Krawatte. Er sah genauso aus wie beim letzten Mal, als ich ihn gesehen und er gedroht hatte, er würde mir den Geldhahn zudrehen, wenn ich die Stadt verließe.

„Ava."

„Vater."

Ja, die Carters waren kein gefühlsdusseliger Haufen. Mir war nicht bewusst gewesen, wie einsam und…kühl meine Familie war, bis ich die Dukes kennengelernt hatte. Gott, sie waren liebevoll, freundlich. Warmherzig. Mrs. Duke hatte mich, seit ich sie kennengelernt hatte, bereits öfter umarmt als meine Mutter in meinem ganzen Leben. Die gesamte Familie mischte sich in das Leben ihrer Mitglieder ein, aber nicht so wie mein Vater in meines. Sie stritten und zankten, neckten und scherzten, aber sie waren für einander da. Gaben sich Rückendeckung. Natürlich berührte mich Tucker auf sehr viel intimere Weise als die anderen Familienmitglieder. Landon Duke tätschelte mich auf die Schulter oder den Unterarm, wenn er mich begrüßte, etwas Vertrautes, aber nicht zu viel, da er in meine beste Freundin verliebt war. Gus Duke umarmte gern. Er verteilte ungestüme Umarmungen, die einem direkt die Luft aus den Lungen pressten. Er war zwar momentan Single, aber ich wusste, dass wen auch immer er fand – zusammen mit den zwei anderen Tierärzten der gemeinsamen Praxis – sich nicht im Geringsten vernachlässigt fühlen würde. Und Julia Duke, wir waren bereits zweimal zur Pediküre in einem kleinen Laden in der Stadt gegangen, der erlaubte, dass man Wein mitbrachte. Ja, das war lustig gewesen.

Mein Vater räusperte sich, wodurch er mich aus meinen Gedanken riss.

„Ich muss mit dir reden."

„Ja, das habe ich mir gedacht", sagte ich. Ich fühlte mich bescheuert, weil wir alle vier einfach nur dastanden. Also ging ich zu einem der Stühle, die vor dem Schreibtisch meines Vaters standen und setzte mich. Ich würde das hier zu meinen Bedingungen machen, nicht seinen. „Ich bin hier. Bitte rede."

Er räusperte sich wieder und setzte sich in seinen ledernen Schreibtischstuhl. Die Fensterwand hinter ihm bot eine Aussicht auf die anderen Skyscraper Denvers mit den Rocky Mountains in der Ferne. Es war eine hübsche Aussicht, aber nichts wie die Prärie in Montana und die lila Berge, die Raines umgaben. Die Großstadt war nichts mehr für mich. Sie fühlte sich erdrückend an. Beengt.

„Du musst zurückkommen."

Ich wölbte eine Braue, sah, dass mich die klaren blauen Augen, die meinen ähnelten, niederstarrten.

„Ich *muss*? Ich hatte gedacht, dass du mich vielleicht vermisst hast und hier haben *wolltest*."

„Du hast deine Entscheidung getroffen", erwiderte er, sein Blick huschte zu Colton und Tucker, die hinter mir standen. Offensichtlich wusste mein Vater, dass ich mich für die beiden entschieden hatte.

„Und trotzdem *brauchst* du mich hier in Denver. Warum?"

„Ich werde wegen Insiderhandels erpresst."

Mein Mund klappte auf und ich starrte ihn mit großen Augen an. Das war das Letzte, mit dem ich gerechnet hatte. Insiderhandel fand die ganze Zeit in der Finanzindustrie statt. Jemand verriet Geheimnisse über eine Aktie oder eine Firma, was wiederum einem anderen erlaubte, die Aktien zu kaufen oder zu verkaufen, um entweder Geld zu machen oder einen beachtlichen Verlust zu vermeiden. Es war illegal und ein Gefängnisaufenthalt war die Konsequenz. Mein Vater war ein Arschloch, aber ich hatte ihn nie für zwielichtig gehalten.

„Hast du Insiderhandel betrieben?"

Seine Wangen röteten sich und er faltete seine Hände vor sich auf dem Schreibtisch. „Ich werde das nicht beantworten."

„Warum? Weil du dich nicht selbst belasten willst, falls der Fall vor Gericht kommt und es dann drei Leute gibt, die dein Geständnis unter Eid bestätigten können, oder weil die Idee absurd ist?"

Er gab keinen Kommentar von sich, also fuhr ich fort:

„Was ist mit der Erpressung?"

„Das Material, mit dem ich erpresst werde, beweist meine Verwicklung in die Sache und wird der Börsenaufsichtsbehörde vorgelegt werden, wenn ich den Forderungen nicht nachkomme."

Ich war noch ganz geschockt von der Tatsache, dass mein Vater schuldig war, aber das musste ich fürs Erste verdrängen. Er hatte mich nicht wegen meines Mitleids herkommen lassen.

„Und was wollen sie, damit alles ein Geheimnis bleibt?"

Mein Vater sah mir in die Augen. Hielt den Blick. Das war der Blick, den ich kannte. „Dich heiraten."

Da stand ich auf, lachte. Mein Herz schlug wild und das Adrenalin brachte mich zum Zittern. Ich spürte eine große

Hand auf meiner Schulter. Ich schaute hoch. Colton. Er sah alles andere als glücklich aus, aber er sagte nichts.

„Perry", sagte ich. Es war offensichtlich.

Mein Vater nickte leicht, aber das reichte.

Ich lachte wieder. „Wir sind ein paar Mal ausgegangen. Er hat mich auf dein Geheiß hin auf verschiedene Feiern in der Stadt eskortiert. Das ist weit von einer Ehe entfernt."

Mein Vater erhob sich abrupt, da er eindeutig erkannte, dass ich nicht nachgeben und *Ja, Daddy* sagen würde wie mit acht Jahren. Sein Stuhl rollte zurück, stieß gegen das niedrige Bücherregal unter den Fenstern.

„Hunderte über tausende Dollar für deine Erziehung und alles, was du tun musstest, war deine Beine breit zu machen, um nützlich zu sein. Wenn ich gewusst hätte, dass Perry dich unbedingt flachlegen will, hätte ich dich auf eine öffentliche Schule geschickt."

Tucker hatte den Tisch umrundet, bevor ich auch nur blinzeln konnte. Er stieß meinen Vater gegen die Wand, wobei seine Hände dessen Anzugjacke umklammerten.

„Sie werden sich bei Ihrer Tochter entschuldigen. Jetzt", zischte Tucker.

Coltons Hand auf meiner Schulter spannte sich an, aber er bewegte sich nicht.

„Sie muss ihn heiraten oder ich bin ruiniert. Er wird die Firma übernehmen", antwortete meine Dad stattdessen schwer atmend. Seine Gesichtsfarbe war knallrot, eine Ader trat an seiner Schläfe hervor.

„Sie gehen mir am Arsch vorbei. Entschuldigen Sie sich oder ruiniert zu sein, wird das kleinste Ihrer Probleme sein."

Tucker war stinksauer. Etwas Furcht einflößend. Und er verteidigte mich. Es war wirklich berauschend.

„Da ist ein ziemlich interessantes Familientreffen."

Ich drehte mich beim Klang der Stimme um. Ein Mann

war, ohne dass wir es bemerkt hatten, in den Raum getreten, und schloss die Tür hinter sich.

Tucker ließ meinen Dad los – der an der Wand hinabrutschte, ehe er seine Füße wieder unter Kontrolle hatte – und lief zu dem Mann, deutete auf ihn. Tucker war angespannt, sein ganzer Körper bereit für einen Kampf. „Sie waren im Seed & Feed."

Meine Augen weiteten sich überrascht, während ich den Fremden musterte. Der Mann blinzelte kaum über Tuckers Aggressivität, also war er definitiv ein Anwalt. Er war weder von der Wut noch Tuckers Anwesenheit überrascht. Dieser Kerl war die Ruhe selbst, wohingegen meinem Vater der Schweiß auf der Stirn stand. Der Mann war in den Dreißigern, hatte dunkle Haare und weit auseinanderliegende Augen. In seinem dunkelblauen Anzug sah er aus, als könne er einer der Führungskräfte meines Vaters sein. Aber er kam mir bekannt vor. Die Tatsache, dass Tucker ihn als einen meiner Kunden erkannte, ließ mich sehr dankbar dafür sein, dass sie ständig in den Laden gekommen waren und mich gestalkt hatten.

„Sie haben einen Salzleckstein und ein Paar Lederhandschuhe gekauft", sagte ich schließlich. „Sie sehen in einer Jeans und T-Shirt ganz anders aus."

„Gutes Gedächtnis", sagte er und schenkte mir ein schmales Lächeln.

„Was hält Ihr Pferd von dem Salzleckstein?" Seine Reaktion zu der sarkastischen Bemerkung bestand aus einem dünnen Lächeln. Er wusste wahrscheinlich nicht einmal, wo bei einem Pferd vorne und hinten war. „Sie haben mich beobachtet."

Tuckers Hände ballten sich an seiner Seite zu Fäusten. Obwohl er meinem Vater immer wieder Blicke zuwarf, lag

T-Bone

sein Fokus auf dem Mystery Mann. Es war offenkundig, wer hier die Macht hatte. Wer mich *wirklich* verletzen konnte.

Er war sich eindeutig nicht sicher, gegen wen er zuerst vorgehen sollte. Coltons Hand auf meiner Schulter sollte wahrscheinlich sicherstellen, dass *ich* den Kerl nicht schlug. Nachdem ich Roger attackieren wollte, um Kaitlyn zu beschützen, als ich Tucker das erste Mal begegnet war, konnte er diesbezüglich nicht vorsichtig genug sein.

Ich wandte mich meinem Dad zu. „Und dieser Kerl hat was für dich getan? Herausgefunden, ob ich versage? Details meines Liebeslebens ausgeplaudert?"

„Oh, ich arbeite nicht für Ihren Vater", entgegnete der Mann mit selbstbewusster Stimme. Er wirkte völlig unbeeindruckt, anders als mein Dad. „Aber ich habe ihn bezüglich Ihrer Aktivitäten auf dem Laufenden gehalten. Ich muss schon zugeben, Sie haben mehr...Feuer als ich erwartet hatte. Zwei Männer in Ihrem Bett. Nicht schlecht für eine Schachfigur der großen Jungs."

Die *großen Jungs* waren wahrscheinlich Perry, mein Vater und andere Führungskräfte, die mich nur für eine hirnlose Tussi hielten, die gut am Arm aussah. Und was das Dasein als Schachfigur betraf...das war der Grund, wegen dem ich gegangen war. Mir war nur nicht bewusst gewesen, wie sehr sie mich für ihre eigenen Zwecke hatten benutzen wollen. Eine Country Club Ehefrau war eine Sache, aber Erpressung?

„Sie arbeiten für Perry", stellte Colton fest. Er hatte Perry nie gesehen, nicht einmal ein Foto von ihm, aber er hatte bereits kapiert, wie er tickte.

„Oh Scheiße", flüsterte ich.

Der Mann nickte leicht. „Beeindruckend, Mr. Ridge."

Colton lächelte den Mann kalt an. „Oh, auch wir

Hinterwäldler können manchmal eins und eins zusammenzählen und einen Geistesblitz haben."

„Warum will Perry unbedingt Ava haben? Und wenn er sie will, wo zum Henker ist er?", fragte Tucker.

Ich trat näher zum Mystery Mann, der seinen Namen nicht verraten hatte. Das war sowieso irrelevant für mich. „Ich kann das beantworten. Bitte korrigieren Sie mich, wenn ich falsch liege."

Der Kerl nickte ein weiteres Mal.

Ich verschränkte die Arme vor der Brust, klopfte mit dem Zeh auf den Teppich. „Die Beweise gegen meinen Vater werden ihn ins Gefängnis bringen und höchstwahrscheinlich für die Schließung von CFG sorgen. Zumindest wird der Ruf so stark beschädigt werden, dass die Geschäfte woanders hinfließen. Ich nehme an, *woanders* ist eine Firma, die Perry irgendwo am anderen Ende der Stadt aufgebaut hat. Er will nicht nur das Geschäft meines Vaters ruinieren, er will meinen Vater ruinieren. Indem er mich heiratet, bekommt er auch noch das Carter Vermögen."

„Sehr gut, Miss Carter. Perry sagte, Sie wären klüger als Sie aussehen."

Das machte mich wirklich wütend, aber ich zeigte es nicht. Es war nicht das erste Mal, dass ich so etwas hörte, aber zu wissen, dass Perry mich *heiraten* wollte und so dachte…

„Wenn ich Nein sage, wird mich Perry dann als nächstes erpressen?", erkundigte ich mich.

„Sie *ficken* zwei Männer."

Ich schaute zurück zu Colton und Tucker, die schwiegen. Warteten. Ich befand mich in keiner physischen Gefahr, also wollten sie wahrscheinlich hören, wie sich das Ganze entwickelte, bevor sie irgendetwas unternahmen. Es machte keinen Sinn, einen Kerl bewusstlos zu schlagen, wenn er Informationen besaß, die man wollte. Dennoch hatte er mich beleidigt und ich war überrascht, dass sie sich zurückhielten.

„Sie haben mich im Auge behalten, wissen, wie mein Leben jetzt aussieht. Keine Jets. Keine schicken Autos", konterte ich. „Mir wurde der Geldhahn zugedreht. Ich habe keinen Wert für Perry."

„Aber Sie wurden nicht aus dem Testament gestrichen", erklärte er. „Sie sind immer noch die Alleinerbin des Carter Vermögens. Und das reicht Generationen zurück. Nur weil Sie beschlossen haben, einen alten Pickup zu fahren und Ladenbesitzerin zu spielen, bedeutet das nicht, dass Sie keine Milliardärin sind."

Oh ja, mein Leben in Montana war wie die große Pause in der Grundschule, bis ich beschloss in die Erwachsenenwelt zurückzukehren. Ich war sehr gut informiert über das Carter Vermögen und wie es so groß geworden war.

„Es wird nicht viel brauchen, um Ihren Ruf zu ruinieren", fügte er hinzu, als würde er versuchen, die Daumenschrauben für meine Einwilligung fester zu ziehen. „Wenn Ihr Vater untergeht, gehen Sie mit ihm unter. Sie sind auch eine Carter."

„Nicht mehr lange", sagte Colton. „Sie wird bald Ava Ridge sein."

Ich schaute zu Colton hoch, sah, dass er mich direkt anstarrte. Nicht wütend, sondern voller Verlangen. Er brauchte keine Fäuste, um mich zu beschützen. Er konnte mir einfach seinen Namen geben. Aber ich wollte das nicht, nur weil ich mit jemand anderem verheiratet sein musste, damit Perry mich oder das Carter Vermögen nicht bekam. Ich wollte Colton – und Tucker – weil sie mich *wollten*. Und darüber musste Colton kein Wort verlieren. Auch wenn es auf den Mystery Mann vielleicht wie ein Bluff wirkte, war es das nicht für mich. Sie hatten mir bewiesen, dass sie mich wollten. Wirklich wollten, seit sie mich zum ersten Mal gesehen hatten. Zuerst hatte es mich genervt ohne Ende. Aber im Nachhinein betrachtet? War es genau das, was ich brauchte. Ich brauchte keinen schwachen Mann. Ich brauchte keinen Mann, der kontrollierend wäre oder mich ändern wollen würde. Colton und Tucker mochten mich – liebten mich vielleicht sogar? – genau so, wie ich war. Mit meinen manikürten Nägeln und meiner Fähigkeit Stiere mit dem Lasso zu fangen. Sie hatten bis vor kurzem nicht einmal gewusst, dass ich die Erbin des Carter Imperiums war. Colton wollte mich heiraten. Tucker ebenfalls. Sie hatten das zuvor schon gesagt. Und ich glaubte ihm jetzt.

Ich nahm seine Hand. Packte sie fest. Ja, ich wollte Ava Ridge werden. Sehr sogar. Ein kurzer Blick zu Tucker und ich wusste, dass ihm die Idee auch sehr gut gefiel. Ich konnte rechtlich nur einen Mann heiraten und es schien ihn nicht zu stören, dass das nicht er sein würde. Ich ging davon aus, dass er sich keine allzu großen Sorgen darüber machte, benachteiligt zu werden, weil wir erst gestern Nacht Analsex gehabt hatten – mit Fotos, die es bewiesen.

„Sag Perry, er kann tun, was auch immer er will, außer mich heiraten. Ich gehe nach Hause."

Colton zog mich nah zu sich, wobei er immer noch meine Hand hielt. Tucker trat hinter mich.

„Ava, bitte!", schrie mein Vater. „Ich werde ins Gefängnis kommen."

Ich drehte mich zu ihm, verzog die Augen zu Schlitzen. Gott, er war erbärmlich. Ich stellte mir vor, wie sein Geschäftsanzug gegen das Gefängnisorange ausgetauscht wurde.

„Wie du bereits sagtest, ich habe meine Entscheidung getroffen, Vater. Du deine ebenfalls."

11

OLTON

„Ich kann nicht fassen, dass er versucht hat, Ava zu erreichen, um seinen eigenen Hals zu retten!", sagte Kaitlyn stinksauer. Wir standen am Zaun des Reitplatzes und beobachteten Gus Duke dabei, wie er um die Fässer ritt. Als Mrs. Duke von Avas Lassofähigkeiten gehört hatte, sowie der Idee, die mal aufgekommen war, einen Familien Mini-Rodeo Wettbewerb abzuhalten, hatte sie das gleich in die Tat umgesetzt.

Alle waren für ein Picknick und einen unterhaltsamen Tag zur Ranch gekommen. Ein Tisch mit einem karierten Tischtuch stand mit Essen und Getränken beladen draußen. Die Männer, die auf der Ranch arbeiteten, nahmen teil zusammen mit Duke und Jed, die jahrelang an professionellen Rodeos teilgenommen hatten. Gus, der Jüngste der Duke Jungs – wenn auch nicht der Kleinste – umkreiste gerade das dritte Fass. Er war kein Champion wie sein älterer Bruder, aber er konnte sich durchaus behaupten. Julia war ebenfalls hier, saß auf ihrem Pferd und wartete, bis sie dran war.

Mrs. Duke nahm die Zeit und stand rechts von uns, wo das Tor geöffnet war. Sie war bereit die Uhr zu stoppen, wenn Gus alle drei Fässer umrundet hatte und sein Pferd durch das Tor gerast war. Tucker war bei ihr, seine Unterarme ruhten auf dem Zaun, ein Stiefel war aufgestützt. Obwohl er und seine Mutter mit einander plauderten, hatte er nur Augen für Ava.

Unser Mädel stand bei den Sandwiches mit Mr. Duke, der ausladende Handbewegungen vollführte, während er mit ihr redete, obwohl er eine Flasche Senf in der Hand hielt. Er hätte über alles Mögliche reden können, vom Ringen mit einem Bären bis hin zur Größe seiner letzten Wäscheladung. Über was auch immer sie redeten, sie lachte. Ich lächelte, nur weil *sie* lächelte.

Ihr strenger Business-Anzug – in dem sie rattenscharf ausgesehen hatte – gehörte der Vergangenheit an und an seiner statt trug sie Jeans und ihre Cowboystiefel. Sie hatte auch eines von Tuckers T-Shirts an, dessen Enden sie an ihrer Taille verknotet hatte. Ihre Haare waren zu einem Pferdeschwanz gebunden und ihr Make-up bestand nur aus etwas Glanz auf ihren Lippen. Obwohl sie nicht auf ihre übliche Art herausgeputzt war, hatte sie noch nie hübscher ausgesehen.

Es waren zwei Tage vergangen, seit wir aus dem Büro ihres Vaters in Denver gelaufen waren. Auf Avas Wunsch hin war die mürrische persönliche Assistentin ihres Vaters wenigstens für etwas gut gewesen: das Flugzeug war innerhalb einer Stunde bereit gewesen und hatte auf uns gewartet. Wir hatten kein Wort gesprochen, nachdem wir ihren völlig verzweifelten und erbärmlichen Vater in den

Händen des Handlangers des Arschloch Perrys zurückgelassen hatten. Erst als wir in der Luft gewesen waren und unsere Gurte hatten lösen dürfen, war Ava auf meinen Schoß gekrabbelt – ein Privatjet verfügte über schön große, bequeme Sitze – und hatte geweint.

T hatte auf dem Platz uns gegenüber gesessen und mit einer Mischung aus Erleichterung und Schmerz, weil sie so aufgewühlt war, zu uns geschaut. Ich war einfach nur glücklich gewesen, dass sie uns genug vertraute, um ihre Wände runterzulassen, die sie, wie ich wusste, für dieses Gespräch hochgezogen hatte. Fuck, es war eine absolute Katastrophe gewesen. Ich hatte damit gerechnet, dass ihr Dad ein Arschloch sein würde, aber dass er sie einem Erpresser anbot, um seinen jämmerlichen Arsch zu retten, nun...Scheiße.

Ich schmerzte für sie, weil ich wusste, dass der Mann, der seine Tochter bedingungslos lieben und sie mit seinem beschissenen Leben beschützen sollte, nichts anderes als ein erbärmlicher Betrüger war. Sie hatte das gewusst, war sogar gegangen, aber vielleicht hatte sie insgeheim gehofft, dass er eines Tages zu Sinnen käme und feststellen würde, dass sie seinen Stolz verdient hatte. Aber nein. Die Konfrontation in seinem Büro hatte das Gegenteil bewiesen. Und daher weinte sie um das, was niemals passieren würde. Was niemals sein würde. Sie wollte eine Familie, Menschen, die sich wirklich für sie interessierten und sie liebten. Sie schätzten. Sie ehrten.

T und ich würden ihr das geben. Aber zuerst würden wir sie weinen, sie trauern lassen, da bestimmt auch ihre letzten Hoffnungsschimmer, irgendetwas davon mit den Carters zu haben, gestorben waren. Wir hatten nichts gesagt, ich hatte nur ihren Rücken gestreichelt und ihren

Scheitel geküsst, bis sie in meinen Armen eingeschlafen war.

Danach hatte sie nicht mehr geweint und wir hatten nicht großartig über das, was passiert war, geredet. Aber wenn sie nicht gearbeitet hatte, hatte sie sich mit ihrem Laptop und Handy in Mr. Dukes altem Büro verkrochen. Sie hatte gesagt, sie würde daran arbeiten, Informationen über Perry zu erhalten. Ich war mir nicht sicher, was genau sie aushecke, aber wir ließen ihr ihren Freiraum. Sie war verdammt klug und wir würden sie nicht behindern. Sie war jetzt ein Teil unseres Lebens, aber wir waren keine Experten ihrer Vergangenheit. Oder der verkorksten Art ihrer Familie, ihres Familienunternehmens.

Ihr Vater hatte nicht mehr angerufen oder getextet. Von ihrer Mutter war auch nichts gekommen. Es hatte keine Nachrichten darüber gegeben, dass ihr Vater ins Gefängnis käme. Überhaupt keine Nachrichten und so hatten wir gewartet. Wir waren seitdem behutsam mit ihr umgegangen, sanfte Umarmungen, Küsse, zärtliches Liebemachen. Sie hatte bei mir geschlafen, als wir von Denver nach Hause gekommen waren, letzte Nacht bei T, aber sie war abgelenkt gewesen. Wir hatten sie nicht aus den Augen lassen wollen, also hatten wir sie nah bei uns behalten. Ich war am Vortag bei ihr im Laden geblieben und hatte ihr ausgeholfen – oder zumindest versucht, nicht im Weg rumzustehen. Heute war der Laden geschlossen, denn es war Sonntag.

Ihr sexy Versprechen im Aufzug, dass sie uns machen lassen würde, was auch immer wir wollten, würde bald eingelöst werden. Ich hatte es nicht vergessen und ich war mir sicher, T auch nicht. Schon bald würden wir sie zwischen uns holen, sie so scharf machen, dass unsere

Tigerin zurückkam, aber noch nicht. Wir hatten alle Zeit der Welt.

Ich war Mrs. Duke dankbar, dass sie diesen unterhaltsamen Tag so schnell auf die Beine gestellt hatte. Sie hatte gehört, was passiert war und wusste, dass Ava etwas Spaß brauchte und auch, dass man ihr zeigen musste, dass Familie nicht nur aus Blutsverwandten bestand, sondern aus den Menschen, die man selbst wählte. Und Mrs. Duke – zum Teufel, die ganze Sippe – hatte Ava gewählt. Sie würde zwar meinen Namen annehmen, wenn wir eines Tages heirateten, aber sie würde auch eine Duke sein. Für sie war sie das bereits.

„Ich dachte, das Foto meines Dads würde im Wörterbuch neben dem Begriff *Arschloch Vater* kleben, aber es ist möglich, dass Avas Dad ihm den Platz streitig macht."

Ich blickte auf Kaitlyn neben mir, die Julia beobachtete, die jetzt die Fässer umrundete. Ihre roten Haare hingen in einem langen Zopf über ihren Rücken und ein Hut saß auf ihrem Kopf. Sie wusste, was sie tat, verfügte über die Fähigkeiten und Anmut und Einheit mit ihrem Pferd, die zu beobachten, einfach erstaunlich war. Aber nach dem, was mir erzählt worden war, hatte sie nie den Wunsch verspürt, abgesehen von der Highschool, an Wettbewerben teilzunehmen.

Kaitlyn stand auf der untersten Zaunsprosse und ich war immer noch größer. Die winzige Bibliothekarin hatte eine Menge Feuer im Hintern, vor allem seit sie mit Duke und Jed zusammen war. Sie hatte ihr Leben lang mit dem Gedanken gelebt, dass die gesamte Duke Familie sie für das hasste, was ihr Vater getan hatte. Doch die Dukes hatten das Missverständnis aus dem Weg geräumt und sie ließ langsam los.

Genauso wie es Ava mit ihrem Dad tun musste.

„Ihr zwei seid sehr stark", erwiderte ich schließlich. „Sehr tapfer."

Sie zuckte mit den Achseln, während wir beobachteten, wie Ryan, einer der Rancharbeiter, auf seinen Ritt startet. Er passierte das erste Fass wirklich schnell, aber nahm das zweite zu weit und musste das Pferd stoppen, damit es nicht in den Wassertrog ritt. Er kippte nach vorne und für eine Sekunde hatte es den Anschein, als würde er über sein Pferd und in den Trog fliegen.

Alle lachten und klatschten über das ungewöhnliche Ende. Ryan grinste gutmütig, während er sich an den Hut tippte, als wolle er sagen: *das müsst ihr erstmal toppen*.

Duke lief zu uns und brachte eine der sanftmütigeren Stuten mit. „Du bist dran, Engel."

Kaitlyn schob ihre Brille die Nase hoch. „Wenn ich nicht im Wassertrog lande, nenne ich das einen Erfolg."

Sie schaute kurz zu mir zurück, während sie Dukes Hand ergriff. Sie liefen zu Mrs. Duke und Tucker und er half ihr aufs Pferd. Ihre Männer hatten angefangen, sie mindestens einmal die Woche zum Reiten zur Ranch zu bringen. Sie würde nie ein Barrel Racer werden, aber sie konnte etwas Spaß haben.

Alle klatschten und pfiffen, als sie die Fässer umrundete, langsam aber sicher. Beide, Duke und Jed, warteten auf sie, als sie vom Platz galoppierte und mehr oder weniger in Jeds Arme fiel, über beide Backen strahlend.

Mrs Duke, die selbst wie ein Cowgirl angezogen war in ihren Stiefeln, Jeans und einer karierten Bluse, lief in die Mitte des Platzes und ich stellte mich neben T. Als sie zwei Finger in den Mund steckte und einen ohrenbetäubenden Pfiff ausstieß, verstummten alle und schenkten ihr die Aufmerksamkeit. Sie hielt drei Schokoriegel hoch. „Die Gewinner des Barrel Racing sind…Jed für den schnellsten

Ritt." Alle klatschten und er ging zu ihr und erhielt seinen Preis. Im Austausch gab er Mrs. Duke ein Küsschen auf die Wange. „Ryan für die beste Vorstellung." Jubelgeschrei und Pfiffe folgten ihm zu Mrs. Duke und er stieß seinen Schokoriegel in die Luft, als wäre es eine olympische Goldmedaille. „Und Kaitlyn. Wenn das Ziel des Wettbewerbs die langsamste Zeit zu haben wäre, dann hätte sie den Guinness Weltrekord gebrochen."

Errötend trat sie auf den Platz und nahm ihren Preis und eine Umarmung von Mrs. Duke in Empfang.

„Steer Roping ist als nächstes dran!", rief sie und lief zu ihrem Mann, der mit einem Sandwich durch die Luft fuchtelte. Ich war mir nicht sicher, ob er es ihr anbot oder damit jubelte.

„Unser Mädel nimmt an dem Wettbewerb teil?", fragte ich, als Tucker zu mir kam. Ryan hatte das Quad geholt, das den Metallstier zog und fuhr ihn gerade in den Ring.

„Das tut sie." Colton grinste, wahrscheinlich erinnerte er sich daran, wie sie uns neulich mit ihren beeindruckenden Fähigkeiten verblüfft hatte. „Ryan und die anderen haben Wetten am Laufen, wer gewinnen wird. Sie rechnen ihr größere Chancen aus als Jed *und* Duke."

Ich kam nicht umhin darüber zu lachen. So wie sie das Seil zuvor schon mühelos geschwungen hatte, konnte Ava definitiv mit den anderen mithalten. Ich hatte aber noch nicht gesehen, wie sie es beim Reiten machte, aber ich zweifelte nicht daran, dass sie es tun konnte. Und ich bezweifelte nicht, dass ich beim Zuschauen steinhart werden würde.

„Das ist also das Leben, für das sie sich entschieden hat."

Wir drehten uns beim Erklingen der Stimme um. Ich lehnte am Zaun, ein Arm angewinkelt und auf der obersten

Sprosse ruhend. Tucker neigte seinen Hut zurück und starrte Perry an. Es stand außerfrage, dass es sich bei dem Mistkerl, der drei Meter vor uns stand, um ihn handelte. Ich hatte ihn mir in einem schicken Anzug vorgestellt, wie ihn das Arschloch getragen hatte, von dem er Ava hatte beobachten lassen. Doch er trug stattdessen Jeans, die eindeutig gebügelt worden waren – vielleicht von der arroganten Mrs. Rouser – und ein weißes Hemd. Die Ärmel waren hochgerollt, sodass es leger wirkte, aber er würde dennoch in unserer Mitte auffallen wie ein bunter Hund. Alles an ihm schrie reiches Arschloch. Vor allem seine nach hinten gegelten Haare, die gebleichten Zähne, die sein falsches Lächeln entblößte. Selbst der sackdämliche goldene Rink am kleinen Finger.

Die Vorstellung von ihm zusammen mit Ava brachte mein Blut zum Kochen, aber ich zeigte es nicht. Jedes bisschen Feuer, das sie besaß, würde von seinem Machtgehabe erstickt werden. Er mochte klug genug sein, um ihren Vater unterzukriegen, aber auf keinen verdammten Fall würde er unserem Mädel schaden.

„Kuhhirten und Kuhfladen", erwiderte Tucker scheinbar ruhig.

Perrys dunkler Blick wanderte über uns beide. Er verschaffte sich offensichtlich ein Bild von seiner Konkurrenz. Er konnte uns nicht verprügeln oder uns sagen, dass wir uns von Ava fernhalten sollten. Das würde nicht klappen. Wir waren beide über eins achtzig und mindestens zwanzig Pfund schwerer als der Kerl. Außerdem hatten wir nicht nur die Unterstützung aller Duke Jungs und Rancharbeiter, sondern befanden uns auch auf unserem Grund und Boden. Ihm wurde zweifelsohne klar, dass wir ihn verschwinden lassen konnten.

„Ich hätte mehr von ihr erwartet."

„Dass sie Ihr Luxusweibchen wird?", fragte Tucker.

Sein Mundwinkel hob sich. „Sie ist mehr als das."

„Richtig", sagte ich, „eine Milliarde oder so."

„Nach dem Grundstück zu urteilen, das Sie hier haben, brauchen Sie die nicht." Er sah sich um, aber obwohl er wahrscheinlich den Wert des Landes kannte, war er nicht gerade beeindruckt. Ich schätzte, das war das erste Mal, dass er seine Betonwelt verlassen hatte.

„Nach dem schicken Mietwagen zu schließen, brauchen Sie die auch nicht", erwiderte ich und deutete mit dem Kopf zu dem Luxussedan, der neben all den Trucks und SUVs geparkt war. Ich trat einen Schritt näher. „Der Unterschied ist, wir brauchen ihr Geld nicht. Wir *wollen* Ava."

„Was wollen Sie hier?", fragte Tucker. „Ava entführen und sie vor einen Friedensrichter schleifen?"

„Sie war so fügsam, stand unter der Fuchtel ihres Vaters, dass ich erwartet hatte, es würde leicht werden, sie dazu zu bringen, mich zu heiraten. Aber sie hat sich verändert."

Das machte mich stolz, das Wissen, das ich über unser Mädel hatte, dass sie sich langsam fand, ihren Platz in der Welt und ich war dankbar, dass ich dazu gehörte.

„Sie haben sie unterschätzt."

„So scheint es."

Ava trat um den Zaun, ein aufgerolltes Seil in der rechten Hand. Sie hatte sich auf das Steer Roping vorbereitet, als wir alle unterbrochen worden waren. „Du bist nicht hier, um mir alles Gute zu wünschen, Perry. Was willst du?" Bevor er antworten konnte, fuhr sie fort: „Und wenn ich es dir nicht gebe, wirst du mich dann auch um Geld erpressen?"

Perry wandte sich ihr zu. Wir waren vergessen. Schlechte Entscheidung.

„Erpressung?", fragte er. „Ich habe niemanden erpresst."

Ich hörte, dass die anderen hinter uns zum Zaun traten, aber schwiegen.

„Stimmt, Erpressung gilt meistens bei Geld. Ich bin nur ein Objekt, das du in die Finger kriegen wolltest."

Er zuckte mit den Schultern. „Wenn du es so sagst, klingst es so kaltschnäuzig. Ich ziehe Ehefrau vor."

Ava hob eine helle Augenbraue und wartete.

„Wir wären zusammen gut gewesen."

„Unser Bett wäre ein bisschen beengt gewesen mit dir, mir und meinem Geld."

Perry deutete mit dem Kopf zu mir und Tucker.

„Scheint, als würdest du ein beengtes Bett mögen."

Obwohl Ava errötete, blieb sie standhaft, hielt ihr Kinn hoch erhoben. Sie schämte sich nicht für uns, für das, was wir miteinander machten.

„Dein Vater kommt ins Gefängnis", erzählte er ihr. „Mit dem, was die Börsenaufsichtsbehörde gegen ihn in der Hand hat – "

„Das zu finden, du ihnen bestimmt geholfen hast", fügte sie hinzu.

Er hielt zum Zeichen der Kapitulation die Hände hoch. „Das kann alles verschwinden."

„Willst du damit sagen, dass du die Beweise gegen meinen Dad einfach verschwinden lassen kannst? Und wie, Perry? Weil sie nicht echt sind oder weil du alles gemacht hast und es ihm angehängt hast?"

Ja, sie hatte genau ins Schwarze getroffen. Sein Kiefer spannte sich an und obwohl er ein schmieriger Mistkerl war, war der Blick, den er Ava zuwarf, geradezu fies.

„Ich war am Verkauf der Investicorp Aktie nicht beteiligt."

„Wirklich? Weil das Treffen, das du letzten Monat mit

dem CEO der Firma im Country Club hattest, nur ein Golfspiel war?"

Alle beobachteten das Hin und Her wie ein Tennismatch. Schweigend, einige hielten sogar den Atem an, um zu sehen, was als nächstes passierte.

„Was weißt du darüber?"

Sie zuckte mit den Achseln, spielte mit dem Seil in ihren Händen. „Du hast deine Quellen, ich habe meine. Lass uns einfach sagen, du bist nicht der Einzige, der unter Beobachtung steht."

Ah, also war sie damit beschäftigt gewesen, ihre Beziehungen spielen zu lassen.

„Das Treffen war nichts. Es gibt keinen Beweis für meine Verbindung mit dem frühen Aktienbericht."

„Wer hat irgendetwas von einem Aktienbericht gesagt?", konterte sie.

Seine Augen wurden schmal. „Du wirst mir nichts nachweisen können. Dein Vater wandert ins Gefängnis und die Firma wird untergehen. Kunden werden woanders hinwandern, in meine Tasche. Ich werde nicht leer ausgehen. Es wäre nur so viel...besser gewesen, den alten Mann Carter nicht nur hinter Gitter zu sehen, sondern seine Tochter auch in meinem Bett. Sich nackt in ihren Milliarden wälzend." Er zuckte mit den Schultern, als wolle er sagen: *mal gewinnt man, mal verliert man*. „Hab Spaß mit deinem albernen Rodeo."

Er drehte sich um und begann wegzulaufen.

Ich war bereit, dem Kerl nachzugehen, ihm eine überzubraten, ein verdammtes Loch zu graben und ihn darin zu verscharren, aber Tucker hielt mich mit einer Hand auf meiner Brust zurück.

Ava trat einen Schritt nach vorne, dann noch einen, folgte ihm langsam. Sie sah angepisst und entschlossen aus.

Sie ließ die Seilschlaufe fallen, griff nach unten und nahm das Seilstück darunter in ihre freie Hand. In perfekter Ausführung schwang sie das Seil und setzte es in Bewegung. Mit einem lautlosen Schwung warf sie das Seil. Das Lasso legte sich in einem perfekten Bogen um Perry. Sie zog daran, sodass es sich eng um seine Brust und Arme wand, als er überrascht stoppte und ehe er sich umdrehen konnte.

„Was zum Geier?", schrie er, drehte sich um und starrte sie wütend an, während er versuchte, das Seil zu entfernen.

Ich lief zu ihr. „Lass mich bei dem letzten Teil helfen." Ich legte meine Hände über ihre und ruckte fest. Mit allergrößtem Vergnügen beobachtete ich, wie Perry mit einem dumpfen Knall in den Dreck fiel und eine Staubwolke aufwirbelte. Er wand sich wie ein Fisch im Trockenen.

Oh ja, das war verdammt perfekt. Wir ließen das Seil zu Boden fallen und ich schlang meine Arme um sie. Es fühlte sich gut an, sie zu halten, zu wissen, dass sie in Sicherheit war. Sie hatte sich ganz allein um Perry gekümmert. Ich hatte keinerlei Zweifel daran, dass sie genug Dreck gefunden hatte – oder bald finden würde – um ihn genauso wie ihren Vater hinter Gitter zu bringen.

T ging zu Perry, zog an dem Seil, sodass er das lose Ende in den Händen hielt. Anschließend beugte er sich nach unten, bis sich sein Knie in Perrys Rücken bohrte und verschnürte ihn wie ein Paket. Perry schrie und fluchte die ganze Zeit, während unser kleines Publikum klatschte und jubelte, pfiff und johlte, als ob wir uns auf einem Landesweiten Wettbewerb befänden.

„Dad, ruf den Sheriff an", sagte T und ging neben Perry in die Hocke, der einfach nur lächerlich, erbärmlich und angepisst aussah, verknotet wie eine Bretzel. „Wir haben einen Eindringling geschnappt. Und wenn Ava noch mehr

Dreck findet, den sie diesem Arschloch – sorry, Ladies – anhängen kann, dann bin ich mir sicher, dass die Börsenaufsichtsbehörde auch ein Stück von ihm möchte."

Fuck, es fühlte sich gut an zu sehen, dass dieses Arschloch bekommen hatte, was er verdient hatte. Verschnürt wie ein Paket. Ich nahm meinen Hut ab, fuhr mir mit einer Hand über die Haare, setzte ihn wieder auf. Von all den Leuten, die ich jemals hatte derart fesseln wollen, hatten wir Perry erwischt.

Ich war mir nicht sicher, ob irgendeine Anklage Bestand haben würde – bis auf das unbefugte Betreten des Duke Geländes – aber zu diesem Zeitpunkt war mir das scheißegal. Ava hatte den Abschluss bekommen, den sie brauchte. Der Mistkerl würde nicht ungeschoren davonkommen. Sie würde dafür sorgen, dass über ihn gerichtet wurde. Zumindest vor Gericht. Das hier, Perry verschnürt wie ein Paket, war eine andere Form der Rechtsprechung. Eine, die wir alle nur zu gern beobachteten.

Selbst wenn ihm der Prozess gemacht wurde, wenn wir mit ihm im Gerichtssaal sitzen müssten, würde er wissen, was wir getan, wie wir ihn gedemütigt hatten. Dass wir es wieder tun würden. Ja, er würde Ava nicht noch einmal belästigen, das war mal verdammt sicher. Und er würde sie nicht mehr unterschätzen.

Ich drückte Avas Mitte beruhigend, während sie Perry einfach nur anstarrte. Sie war so ruhig wie man nur sein konnte, zum Glück. Wir würden die genaueren Details noch von ihr erfahren, aber sie waren bedeutungslos. Wenn es Beweise gegen ihn gab, würde unser Mädel sie finden und sie den Behörden überreichen. Ich bezweifelte, dass ihr Vater dadurch von seinen schmutzigen Geschäften reingewaschen wurde, aber ich hatte nie erwartet, dass sie versuchen würde, seinen Namen reinzuwaschen.

Auf Tuckers Anweisung hin gingen einige der Rancharbeiter zu Perry, hoben ihn an den Ellbogen und Fußgelenken hoch und trugen ihn fort. Er fluchte und schrie die ganze Zeit und ich war sehr dankbar, als er endlich außer Hörweite der Damen war.

„Geht's dir gut, Süße?", fragte ich.

Ava sah zu mir hoch, nickte. „Oh ja. Das hat sich gut angefühlt. Allein für diesen Moment hat es sich gelohnt, Lassowerfen zu lernen."

„Fuck, ja", bestätigte Tucker, der zu uns kam und sie kurz küsste. „Du bist mein Mädchen."

„Sorry, Jed und Duke", sagte Mrs. Duke, die den Ernst der Situation mit etwas Humor auflockerte. „Ich würde sagen, wir haben einen neuen Duke Steer Roping Champion in der Familie. Ava hat sich den Preis verdient."

Alle jubelten und klatschten. Duke kam herüber und zerzauste gutmütig Avas Haare. „Gut gemacht, Kleines."

Jed hielt die Daumen hoch, dann steckte er seine Hände in seine Jeanstaschen. Einer der Männer neben ihm sagte etwas zu ihm und er lachte.

„Auch wenn der Schokoriegel die perfekte Belohnung für den besten Lassowurf des Tages ist", sagte ich laut, wodurch ich alle dazu brachte, zu verstummen. Mein Herz hämmerte wild in meiner Brust und meine Hände schwitzten. Ich war noch nie in meinem Leben so verdammt nervös gewesen. Oder mir sicherer gewesen. „Haben Tucker und ich noch etwas anderes für Ava."

Ich ließ sie los, blickte zu T, der nickte. Ich griff in meine Tasche und zog ein samtenes Schmuckkästchen hervor.

Ich hörte ein Keuchen, das wahrscheinlich von Julia kam, als ich auf ein Knie ging. Meine Augen blickten in

Avas blaue, die klar und hell waren. Wir hatten den Ring vor einigen Wochen gefunden, als sie im Laden gewesen war und wir hatten seitdem auf den richtigen Zeitpunkt gewartet. Ihr Mund war leicht geöffnet und sie hatte die Arme angewinkelt, ihre Hände lagen unter ihrem Kinn. Ich hatte ihre ganze Aufmerksamkeit, fuck sei Dank, als ich den Deckel anhob und ihr den Ring zeigte. Er war nicht groß – auch wenn sie die modischste Frau im ganzen Gebiet war, wussten wir, dass sie kein Bling-Bling wollte – einfach nur ein schlichter, breiter Platinring mit einem quadratischen Diamanten. „Du magst zwar das Steer Roping gewonnen haben, Süße, aber du hast unsere Herzen schon das erste Mal gewonnen, als wir dich sahen. Ich liebe dich. Heirate mich."

Tucker ging neben mir auf ein Knie, streckte seine Hand aus und ergriff ihre Handgelenke, dann schob er ihre Hände in seine. „Du hast mein Herz in jener Nacht im Cassidy's gefangen und seitdem habe ich versucht, dir das zu zeigen. Du bist unser Preis, Tigerin. Ich liebe dich. Will dich. Brauche dich. Heirate mich auch. Nimm Coltons Namen an. Sei die Unsere."

Ich hörte den Wind pfeifen, das Wiehern der Pferde draußen auf den Koppeln, das Blut in meinen Ohren rauschen. Wartete. Genauso wie alle anderen um uns, aber ich achtete nicht auf sie.

„Ja!", schrie sie und ich stieß die Luft aus, die ich unbewusst angehalten hatte. Ich fühlte mich...fuck, erleichtert. Unglaublich. Glücklich. Trunken vor Glück. *Das* war, was ich wollte. Ava. Als die Unsere.

Als ich ihr den Ring an den Finger gesteckt hatte, applaudierten bereits alle und hatten einen engen Kreis um uns gebildet. Ich zog sie nach unten, sodass sie auf meinem gebeugten Knie saß.

T-Bone

„Ich liebe dich", murmelte sie in mein Ohr, ehe sie mich auf die Wange küsste und mein Gesicht mit ihrer Hand umfing.

Ich drehte meinen Kopf und küsste ihren Mund. Zuhause. Fuck, ich war zu Hause.

Als ich meinen Kopf hob, beugte Tucker sie nach hinten, damit er sie ebenfalls küssen konnte.

„Schaut hierher!", rief Julia.

Wir drehten uns und schauten zu ihr hoch, als sie ihr Handy auf uns richtete.

„Lasst uns ein Foto machen. Ihr wollt den Moment doch für immer einfangen, oder? Für eure persönliche Sammlung."

Ich schaute zu Tucker, dann Ava und wir brachen in Gelächter aus. Ja, das würde perfekt in unsere Fotogalerie passen.

12

VA

Obwohl ich es am liebsten gehabt hätte, wenn mich Tucker und Colton ins Haus geschleift und über mich hergefallen wären, hatten wir für das Picknick bei der Familie bleiben müssen. Alle wollten den Ring sehen und feiern. Ich war ein bisschen überwältig, etwas verblüfft gewesen. Sie hatten mich überrascht. Ich hatte gewusst, dass wir heiraten würden, eines Tages, aber Gott…ich liebte sie und ich wollte, dass es die ganze Welt wusste.

Der Mist mit meinem Dad war eine ziemlich große Sache, aber das war nicht wichtig. Tucker und Colton waren wichtig. Ich würde mein Leben nicht auf Eis legen, weil mein Dad wahrscheinlich ins Gefängnis wandern und die Firma auseinanderbrechen würde. Ich hatte mich stundenlang mit meinen Kontakten unterhalten, einschließlich Mrs. Rouser. Wie Tucker gesagt hatte, hatte sie schon immer einen Stock im Arsch gehabt. Aber das bedeutete nicht, dass sie keine gute Person war und sie wusste alles über die Geschäfte meines Dads. Alles.

Sie mochte zwar nicht allzu begeistert darüber sein, dass ich zwei Männer heiratete, aber sie war sogar noch weniger begeistert von dem schlimmen – und illegalen – Mist, der im Büro ablief.

Mein Dad würde ins Gefängnis kommen, aber Perry ebenfalls. Er hatte mich unterschätzt und das war letzten Endes sein Untergang. Ich hatte Informationen über ihn. Nicht unbedingt viel, aber genug, um die Börsenaufsichtsbehörde zu informieren, damit sie ihre Untersuchung des Insiderhandels ausweiten konnten.

Gott, es hatte sich so gut angefühlt, Perry die Stirn zu bieten, ihn im Dreck zu sehen. Und als Tucker in gefesselt hatte…das war ein Highlight meines Lebens gewesen. Das würde ich nicht so schnell vergessen. Es war zwar nur Perry gefesselt worden, aber er stand für alles, von dem ich mich abgewandt hatte. Ich zeigte meiner Vergangenheit zum Abschied den Mittelfinger. Ich zu sein, ein Cowgirl zu sein, das Gefallen an hübschen Dingen hatte, war genug. Tucker und Colton dachten das zumindest. Ich brauchte das Geld nicht. Alles, was ich jemals gewollt hatte, stand direkt vor mir.

„Glücklich, Süße?", erkundigte sich Colton und küsste meinen Hals, während Tucker die Eingangstür zum Ranchhaus öffnete.

Ich hob meine Hand, bewunderte den funkelnden Ring. Er war so hübsch. Umwerfend. Schlicht und ich würde ihn sogar beim Arbeiten tragen können.

Ich nickte, dann drehte ich mich um und schlang meine Arme um seinen Hals. Seine Hände landeten auf meinem Hintern und er hob mich hoch, sodass ich meine Beine um seine Taille schlingen konnte. Er trug mich nach drinnen, während wir uns küssten. Ich wand mich in seinem Griff, hungrig nach mehr.

„Langsam, Süße. Wir bringen dich schon noch zum Höhepunkt. Wir haben die ganze Nacht."

Ich schüttelte den Kopf, schlug ihm den Hut vom Kopf. „Ich will es jetzt", hauchte ich.

Ich blickte in seine dunklen Augen, sah, wie Begehren darin aufflammte. Spürte, wie sich seine Finger in meinen Po bohrten.

„Du hast eine Menge durchgemacht. Wir wollen nicht – "

„Ich will, dass ihr es tut", sagte ich und unterbrach ihn. „Ich will es soooo was von."

Tucker kam herüber, streichelte mit seiner Hand über meinen Pferdeschwanz. „Was willst du, Tigerin?"

Meine beiden Männer. Genau hier. Bei mir. Die mich wollten. Mich fragten, was ich wollte.

„Ihr habt mir einen Ring gegeben, um der ganzen Welt zu zeigen, dass ich vergeben bin."

„Verdammt richtig", murmelte Colton.

Ich küsste ihn wieder. „Jetzt will ich, dass ihr mich nehmt."

Tucker wölbte eine Braue, aber schwieg.

„Zusammen." Ich errötete und schaute weg. Plötzlich nervös. „Ich will euch beiden gehören."

Tucker ergriff mein Kinn, zwang mich dazu, in seine Augen zu blicken. „Oh, werd jetzt nicht zu einem Kätzchen. Du bist diejenige, die uns so dreist ein Foto von ihrer gut gefickten Pussy geschickt hat. Sag die Worte, Tigerin."

„In Denver habe ich euch versprochen, dass ihr alles tun könnt, was ihr wollt."

„Wir wollen dich gemeinsam nehmen", sagte Colton. Obwohl ich noch immer in seinen Armen lag, schien ihn mein Gewicht kein Stück zu stören. „Ich will in diesen fantastischen Arsch."

„Und ich will in diese perfekte Pussy", verkündete Tucker.

„Zur gleichen Zeit", fügte ich hinzu. „Bitte."

„Bett", sagte Colton anstatt Ja, aber für mich lief das aufs Selbe raus. Er trug mich die Treppe hoch und in sein Zimmer. Er setzte mich ab und seine Hände ergriffen mein Oberteil. Tucker trat hinter mich und machte sich an meiner Hose zu schaffen. Meine Kleider waren kurz darauf nur noch ein Haufen auf dem Boden.

„Unser Mädel nur mit unserem Ring bekleidet", stellte Colton fest, während er mich musterte.

„Fuck, du bist perfekt", meinte Tucker und streichelte zärtlich mit seinen Knöcheln über eine meiner Brustwarzen.

„Ich will euch auch sehen." Ich mochte das zusätzliche Dominanzgefühl, wenn sie mich vollständig bekleidet nahmen, während ich nackt war. Die Vorstellung, dass sie zu gierig waren, um mehr zu tun, als ihre Hosen und Boxershorts nach unten zu schieben, war erregend. Aber ich wollte sie anfassen, ihre Hitze, ihre Haut spüren. Wissen, dass nichts zwischen uns stand. Dass wir, wenn sie erst einmal tief in mir waren, verbunden wären. Ich würde markiert sein, die Ihre.

Sie zögerten nicht, sondern entledigten sich in Rekordzeit ihrer Kleider. Ich betrachtete ihre wundervollen Körper. Coltons dunkler Teint, die ebenfalls dunklen Haare auf seiner Brust, die sich zu einer dünnen Linie bis hin zu dem Büschel am Ansatz seines beeindruckenden Penis verjüngten. Er war so groß. Ich bezweifelte, dass ich mich jemals an seinen Anblick gewöhnen würde. Lusttropfen glitten bereits über die breite Krone. Seine Hoden hingen schwer und groß darunter und ich erinnerte mich daran, mit wie viel Sperma er mich schon gefüllt hatte. Er würde mich ausfüllen, dann abfüllen. Mit so viel, dass es den ganzen Tag lang aus mir tropfen würde. Er würde mich stoppen, unter mein Kleid oder Rock greifen und mit seinen Fingern über meine Pussy streicheln. Sein Sperma ertasten, wissen, dass er es dort reingespritzt hatte. Ihm gefiel es außerordentlich, wenn ich von ihm markiert war.

Tucker war ein genauso großer Neandertaler, der es liebte, dass es mich anturnte, wenn er mich fotografierte. Denn es machte mich scharf zu wissen, dass er liebte, was er sah, dass mein Körper so...reizvoll für ihn war, dass er es festhalten musste, um sich die Bilder später anzuschauen. Sie mir zum Vorspiel zu zeigen.

„Was hat dieser Blick zu bedeuten, Tigerin?", fragte er, als würde er meine Gedanken lesen.

„Du machst gerne Fotos von mir. Vielleicht...vielleicht will ich welche von euch."

Er packte die Wurzel seines Penis und meine Pussy zog sich zusammen. Er bestand nur aus harten Muskeln. Sehnige Arme, breite Schultern, wie gemeißelt wirkende Bauchmuskeln, dicke Schenkel. Und sein bestes Stück. Gott, man könnte es dafür verwenden, Sexspielzeuge herzustellen und dennoch gehörte er ganz mir. Ich hatte den Echten. Auf jede Art und Weise, wie ich ihn wollte.

„Wir werden dir alles geben, was du willst. Alles tun, was du willst."

„Mich sogar teilen?"

Tuckers Hand erstarrte. „Sind wir zwei nicht genug für dich, Tigerin?"

Ich lachte. „Ihr zwei seid alles, was ich brauche", entgegnete ich.

Colton griff nach unten, zog sein Handy aus seiner Jeanstasche. Reichte es mir. „Da hast du's."

Ich machte eine schnelle Nahaufnahme von Tuckers Faust, die seinen Schwanz packte, von den Lusttropfen, die aus der Spitze quollen und über seine Finger liefen. So wie die Erregung für mich praktisch aus ihnen sprudelte, wusste ich, dass sie sich geduldeten, aber dass dieser Zustand nicht lange anhalten würde.

Ich spielte mit den Einstellungen des Handys, drapierte es so auf der Kommode, dass es direkt zum Bett zeigte. „So."

„So?", wiederholte Colton, während er zum Bett ging, sich darauf fallen ließ, seine Hand ausstreckte und mich nach unten auf sich zog.

Ich blickte zu dem Handy, deutete darauf. „Siehst du das rote Licht?"

„Oh Scheiße, Süße. Drehen wir unseren eigenen Porno?"

Ich blickte auf ihn hinab, biss auf meine Lippe und nickte. Ich spürte seinen Penis an meinem Bauch pulsieren, ein klebriger Schwall Lusttropfen benetzte unsere Haut.

Das Bett sank unter Tuckers Gewicht ein und ich spürte seine Küsse entlang meiner Wirbelsäule, dann auf meinem Po. „Die Vorstellung, dass wir uns anschauen können, wie wir zum ersten Mal gemeinsam deine Pussy und Arsch ficken, reicht aus, dass ich gleich komme. Ich werde mir deinen Gesichtsausdruck anschauen können, wenn du zwei Schwänze auf einmal aufnimmst."

„Das stimmt", fügte Colton hinzu, dessen Augen so dunkel waren, dass sie schon fast schwarz wirkten. „Dann wollen wir dich mal aufwärmen. Dreh dich um und schwing deine Pussy hier hoch. Ich will, dass du auf meinem Gesicht sitzt."

Tucker rückte aus dem Weg, sodass ich meine Position

verändern konnte. Ich setzte mich rittlings auf Coltons Oberkörper und rutschte dann nach oben. Seine Hände landeten auf meinen Schenkeln und er half mir in die richtige Position, dann zog er mich nach unten.

„Oh mein Gott", stöhnte ich, als er anfing, mich zu lecken. Er war so gierig, als hätte er mich noch nie zuvor geschmeckt. Er fand meinen Eingang, vögelte mich so tief mit seiner Zunge wie es nur ging, dann wanderte er meine Spalte hinauf, um gegen meine Klit zu schnalzen.

Innerhalb eines Zungenschlags steigerte sich mein Befinden von erregt zu rasend vor Lust. Sein Schwanz ragte direkt unter meinem Kinn empor und ich nahm ihn in meinen Mund.

Seine Hüften bockten unter der Saugkraft, die ich sofort ausübte. Er knurrte und ich spürte die Vibrationen in meiner Pussy.

„Zwei Männer, zwei Schwänze, Tigerin", erinnerte mich Tucker. Ich hob meinen Kopf und da war sein Schwanz. Meine Zunge schnellte hervor, leckte den Lusttropfen von ihm, dann nahm ich ihn auf. Saugte. Wand meine Zunge um ihn.

Ich wechselte mich, so gut ich konnte, zwischen den zwei Prachtstücken ab, aber Coltons Mund war gnadenlos.

„Das ist es, liefere der Kamera eine gute Show. Sei eine brave kleine Schwanzbläserin für deine Männer", sagte Tucker. Seine versauten Worte vergrößerten mein Verlangen nur noch.

Ich stürzte mich geradezu auf seinen Schwanz, stütze eine Hand zum Gleichgewicht auf das Bett, die andere packte ihn und glitt hoch und runter. Es bestand keine Chance, dass ich ihn ganz aufnehmen könnte, also hoffte ich, dass es sich so anfühlen würde, als könnte ich es.

Colton schob einen Finger in meine Pussy und krümmte

ihn. In dem Moment, in dem er meinen G-Punkt berührte, kam ich und stöhnte um Tuckers Penis. Ich erschauderte und erbebte, wimmerte und zuckte, aber Colton hielt mich fest und Tuckers Finger gruben sich in meine Haare.

Ich zog mich zurück und rang um Atem, während Tucker mich aufrichtete. Er hob mich von Colton und in seine Arme.

„Ich könnte den lieben langen Tag deine Pussy lecken, Süße", verkündete Colton. Ich schaute über meine Schulter und beobachtete, wie er mit dem Handrücken über seinen glänzenden Mund wischte. Er grinste, eindeutig zufrieden mit seinen Fähigkeiten, mich zum Höhepunkt zu bringen. Mit seinen fantastischen Zungenfertigkeiten. „So süß. Fuck, du bist so feucht."

Ich setzte mich rittlings auf Tuckers Schoß und sein Schwanz wurde zwischen uns eingeklemmt. Er küsste mich, tief und lang, als ich spürte, dass sich Colton im Raum bewegte. Tucker nahm meine Brust in seine Hand, spielte mit meiner Brustwarze und dann fiel ich.

Er drehte uns so, dass er auf das Bett fiel und ich rittlings auf ihm saß. „Steig auf, Tigerin. Reite meinen Schwanz. Colton wird deinen Arsch vorbereiten und dann werden wir dich beide füllen."

Ich blickte zu Colton, der mit einer Flasche Gleitgel in der Hand neben dem Bett stand. Ich hatte nicht einmal gehört, dass er den Deckel geöffnet oder sich etwas auf seinen Penis gespritzt hatte. Er war glitschig, als er ihn streichelte. Grinsend hob er sein Kinn.

„Ich schau gerne zu, erinnerst du dich? Nimm Tuckers Schwanz und lass ihn verschwinden. Zeig es mir...und der Kamera."

Mein Blick huschte zum Handy. Ich wusste, dass es alles aufnahm. Jede unartige, versaute Sekunde.

Dann schenkte ich Tucker all meine Aufmerksamkeit, während ich mich so positionierte, dass sich sein Schwanz an meinem Eingang befand. Mit den Händen auf seiner Brust, senkte ich mich hinab. Wegen Coltons meisterhaftem Mund war ich so feucht, so geschwollen und begierig nach seinem besten Stück. Er öffnete mich unfassbar weit und ich stöhnte. Jeder Zentimeter von ihm dehnte mich, glitt über die begierigen Stellen in mir. Ich war von Colton so empfindlich, dass ich mich hochstemmen musste, als meine Klit über Tuckers Unterleib rieb. Und dann wieder fallen ließ. Ich wollte noch einmal kommen. Jetzt. Ich war geradezu wild vor Lust, denn gefüllt zu sein und zu kommen, war so anders als wenn da nur Coltons Mund war. Größer. Tiefer. Härter.

Ich schaukelte und kreiste mit den Hüften, vögelte mich selbst und verlor mich in den Empfindungen. Tuckers Hände packten meine Hüften, unterstützten meine Bewegungen. Colton trat hinter mich, seine Hand legte sich auf das Ende meiner Wirbelsäule, während ein Finger über meinen Hintereingang streichelte.

Sofort zog ich mich zusammen, was Tucker zum Stöhnen brachte.

Colton tropfte Gleitgel auf seine Finger und das gekräuselte Loch. Vorsichtig drückte er und schob einen Finger in mich. Ich war nach all den Plugs an diese Invasion gewöhnt. Das elektrische Gefühl dieser Art von Penetration war intensiv, vor allem mit Tucker in mir. Ich keuchte, als Coltons Finger in mich glitt. Es war so eng und ich fühlte mich so voll. Es brannte, aber ich war so erregt, so erpicht darauf, wollte so unbedingt kommen, dass es mir gefiel.

„Mehr", sagte ich und schaute über meine Schulter zu Colton.

Er beobachtete gerade seinen Finger, aber schaute

daraufhin zu mir, musterte mich, als wolle er sich vergewissern, dass ich wirklich bereit war.

„Bitte", fügte ich hinzu, dann spannte ich bewusst meine Muskeln an.

„Scheiße, Colton. Komm in sie, bevor ich meine Ladung verschieße", knurrte Tucker.

Colton grinste, dann ging er in Position. „Okay, Süße. Beug dich nach vorne. Genau so, ganz auf T. Braves Mädchen."

Ich legte mich auf Tucker und er küsste meine Stirn. Ich atmete seinen Duft an seiner Halsbeuge ein, als ich Coltons Finger aus mir gleiten spürte. Er wartete nicht und schon presste sich seine harte, breite Eichel gegen mich.

„Atme. Entspann dich und lass mich rein."

Ich holte tief Luft – ich hatte nicht einmal bemerkt, dass ich sie angehalten hatte – und stieß sie wieder aus. Tucker verharrte regungslos, während er meinen Rücken, meine Flanken streichelte und mein Gesicht küsste.

Ich war so verloren in ihm, in ihnen, als sich Colton nach vorne drückte, dann zurück und langsam und behutsam in mich presste. Ganz plötzlich spürte ich ein stummes Plopp und die riesige Eichel glitt in mich.

Ich stöhnte, keuchte und meine Finger umklammerten Tuckers Schultern. „Oh Gott", stöhnte ich, da ich sie zum ersten Mal beide in mir spürte.

Sie fühlten sich wahnsinnig groß an. Eng. Intensiv. Überwältigend.

„So ein braves Mädchen, lässt deine Männer in dich", raunte mir Tucker ins Ohr. „Du bist so eng, Tigerin. Bist du bereit, dass wir uns bewegen, damit Colton ganz in dich kann?"

Ich nickte an seiner Schulter.

Ich spürte das kühle Tropfen von noch mehr Gleitgel

und dann begann sich Colton zu bewegen. Rein, dann raus, dann wieder ein Stückchen weiter rein. Leise Laute entwichen meinen Lippen, während ich meine Hüften bewegte, um ihm zu helfen. Ich spürte, dass sich seine Schenkel gegen meinen Po drückten und wusste, dass er komplett in mir war.

Zwei Schwänze in mir. Colton und Tucker nahmen mich. Machten mich zu der Ihren.

„Du gehörst zu uns, Tigerin."

Ich hob mein Kinn, schaute zu Tucker, dessen blaue Augen jetzt ein stürmisches Grau angenommen hatten. Schweiß rann ihm über die Schläfen und seine Haut war gerötet. Die Sehnen an seinem Hals traten hervor. Er hielt sich zurück, wartete. Genau wie er es immer gemacht hatte, gewartet hatte, bis ich bereit für sie war.

„Der Ring", begann Colton, „er zeigt der Welt, dass du zu uns gehörst. Aber das hier, unsere Schwänze, die dich gleichzeitig ficken, beweist, dass wir für immer zusammengehören. Jetzt gibt es kein Zurück mehr, Süße."

Ich schüttelte den Kopf. „Kein Zurück mehr. Bitte. Ich brauche mehr. Still zu halten macht mich verrückt."

Tucker grinste. „Willst du, dass dich deine Männer vögeln?"

„Ja", stöhnte ich.

Colton zog sich zurück, bis nur noch seine Eichel in mir war, dann stieß er wieder tief in mich. Dann bewegte sich Tucker, verlagerte seine Hüften so, dass er sich zurückziehen konnte. Irgendwie fanden sie einen Rhythmus, wechselten sich damit ab, tief in mir zu sein. Ich konnte mich nicht bewegen, konnte nicht einmal mit den Hüften wackeln. Auf zwei Monsterschwänzen aufgespießt zu sein, hielt mich davon ab, irgendetwas anders zu tun als zu fühlen.

„Ich werde kommen!", schrie ich, völlig von den Empfindungen überwältigt. Der Plug war spaßig gewesen, gevögelt zu werden, während er in mir steckte, war schmutzig und wild gewesen. Intensiv und es hatte sich so gut angefühlt. Aber das hier war sogar noch mehr. All diese Länge, all diese großen Schwänze in mir stießen mich über die Klippe.

Ich stöhnte, als ich kam. Die Lust schwappte wie eine heiße Welle über mich, meine Klit pulsierte, meine inneren Muskeln zogen sich zusammen und kontrahierten, wollten mehr. Wollten es tiefer. Wollten alles.

Unser abgehacktes Atmen durchbrach die Stille des Zimmers, die feuchten Geräusche von Fleisch, das auf Fleisch klatschte. Tuckers Knurren. Coltons kehliges lustvolles Stöhnen, als er sich tief in mich presste und füllte. Tucker folgte ihm und ergoss sein Sperma in einem heißen Schwall in mir. Spritzte mich so voll, dass es nicht lange dauerte, bis es wieder aus mir lief, uns zu einem schmutzigen, verschwitzten, klebrigen Knäul aus Gliedmaßen machte.

Aber ich würde es nicht anders wollen. Ich liebte es grob und wild. Ich liebte sie.

Ich brauchte das, brauchte alles, was sie mir geben würden. Und später den Beutel gefrorener Erbsen.

Colton zog sich sachte aus mir zurück und stieg aus dem Bett. Er ging ins Bad und ich hörte, dass das Wasser aufgedreht wurde. Tucker küsste mich, während er in mir blieb, hielt mich und streichelte meinen Rücken, die Rundungen meines Pos.

Colton kehrte zurück, schnappte sich sein Handy und drückte darauf herum. Mein Kopf lag auf Tuckers Brust, von wo aus ich sein Grinsen sah und dass er wieder hart wurde, während er etwas auf dem Bildschirm betrachtete. „Scheiße,

Süße. Das ist das Schärfste, was ich jemals gesehen habe." Er blickte zu mir, entdeckte mich auf Tucker liegend und dass er nach wie vor in mir war. „Beweg dich nicht."

Als ob ich noch irgendwelche Knochen hätte, um das zu tun. Er trat hinter mich und ich wusste, er schoss ein weiteres Foto, dieses Mal von meinen weit gespreizten Beinen, Tuckers Schwanz in mir, meinem wahrscheinlich roten und mit Sperma verschmierten Hintern.

„Wir sind wirklich kinky, oder?", fragte ich, was mir völlig egal war, aber ich wollte ihre Meinung dazu hören.

Tucker hob meinen Kopf an, sodass mein Kinn auf seiner Brust ruhte und wir einander ansahen. „Willst du, dass wir irgendein Foto löschen? Du musst nur ein Wort sagen und es ist weg."

„Ist es das, was du willst, Süße?", fragte Colton, der sich auf die Bettkante setzte. „Du bist diejenige, die das erste Bild geschickt hat, also glaube ich, dass es dich anturnt."

„Das tut es. Es ist total pervers und ich fühle mich dadurch…attraktiv. Weil ihr so unartige Fotos von mir sehen wollt. Von uns. Dadurch fühle ich mich gewollt, denn wir teilen etwas miteinander. Etwas Intimes und Geheimes."

„Du bist so hinreißend. Wie beispielsweise gerade jetzt", sagte Colton. „In diesem Zustand, durchgefickt und entspannt. Siehst du, wie hart ich bin? Diese Fotos anzuschauen, wird dir nichts anderes als unsere besten Stücke einbringen, Süße."

„Die ganze Zeit", fügte Tucker hinzu.

„Versprochen?", fragte ich.

Tucker grinste, hob meine Hand und küsste den Ring an meinem Finger. „Für immer."

Colton hob mich hoch, zog mich auf seinen Schoß, völlig unbeeindruckt davon, dass Sperma überall auf ihm verschmierte. „Versprochen. Und für immer. Du gehörst zu uns. Jeder unartige, sexy, freche Zentimeter von dir."

Er warf mich über seine Schulter und trug mich zum Duschen ins Bad. Als ich mich wand, schlug er mir auf den Hintern.

Ja, das war genau das, was ich wollte. Jeden unartigen, frechen Zentimeter von ihnen. Ihnen *beiden*.

MÖCHTEST DU NOCH MEHR?

Keine Sorge, es kommt noch mehr Kleinstadt-Romantik!

Aber weißt du was? Ich habe noch eine Bonusgeschichte von Ava, Tucker und Colton für dich. Also melde dich für meinen deutschsprachigen Newsletter an. Für jedes Buch der Die besten Stücke wird es nur für meine Abonnenten eine besondere Bonusgeschichte geben. Durch die Newsletter-Anmeldung wirst du auch über mein nächstes Buch informiert werden, sobald es veröffentlicht wird (und du erhältst ein kostenloses Buch...wow!)

Wie immer...danke, dass du meine Bücher liest und mit auf den wilden Ritt kommst!

HOLEN SIE SICH IHR KOSTENLOSES BUCH!

TRAGEN SIE SICH IN MEINE E-MAIL LISTE EIN, UM ALS ERSTES VON NEUERSCHEINUNGEN, KOSTENLOSEN BÜCHERN, SONDERPREISEN UND ANDEREN ZUGABEN ZU ERFAHREN. SIE ERHALTEN EIN KOSTENLOSES BUCH FÜR IHRE ANMELDUNG! TRAGEN SIE SICH IN MEINE E-MAIL LISTE EIN, UM ALS ERSTES VON NEUERSCHEINUNGEN, KOSTENLOSEN BÜCHERN, SONDERPREISEN UND ANDEREN ZUGABEN ZU ERFAHREN. SIE ERHALTEN EIN KOSTENLOSES BUCH FÜR IHRE ANMELDUNG!

kostenlosecowboyromantik.com

ÜBER DIE AUTORIN

Vanessa Vale ist eine USA Today Bestseller Autorin von über 50 Büchern. Dazu zählen sexy Liebesromane, einschließlich ihrer bekannten historischen Liebesserie Bridgewater, und heißen zeitgenössischen Romanzen, bei denen dreiste Bad Boys, die sich nicht nur verlieben, sondern Hals über Kopf für jemanden fallen, die Hauptrollen spielen. Wenn sie nicht schreibt, genießt Vanessa den Wahnsinn zwei Jungs großzuziehen, findet heraus wie viele Mahlzeiten man mit einem Schnellkochtopf zubereiten kann und unterrichtet einen ziemlich guten Karatekurs. Auch wenn sie nicht so bewandert in Social Media ist wie ihre Kinder, so liebt sie es dennoch, mit ihren Lesern zu interagieren.

Instagram

www.vanessavaleauthor.com

HOLE DIR JETZT DEUTSCHE BÜCHER VON VANESSA VALE!

Du kannst sie bei folgenden Händlern kaufen:

Amazon.de
Apple
Weltbild
Thalia
Bücher
eBook.de
Hugendubel
Mayersche

www.ingramcontent.com/pod-product-compliance
Lightning Source LLC
LaVergne TN
LVHW011834060526
838200LV00053B/4018